縁結びの神様に求婚されています

～潮月《しおつき》神社の甘味帖～

湊祥

JN019327

STARTS
スターツ出版株式会社

イケメン神様による、甘く過保護な婚姻譚《たん》
「必ず君を娶《めと》る。覚悟しておけ」

目次

プロローグ 9
出会いのチーズケーキ 13
甘味係の黒ごまプリン 55
ふたりを繋ぐチョコチップマフィン 105
お母さんのシフォンケーキ 149
食べられなかった苺大福 203
すべての始まりは豆腐ドーナツから 243
エピローグ 277
あとがき 290

縁結びの神様に求婚されています～潮月神社の甘味帖～

プロローグ

——あのとき、どうして私は助かったんだろう。

幼かった私は、幼稚園の通園バスの中にいた。

車窓から見えたのは、勢いよく迫ってくる、黒い濁流。大地震の発生によって引き起こされた津波だった。

バスはその波にあっさりと飲み込まれ、すぐに車内は泥だらけの水に支配された。

必死にもがくも、小さな私はすぐに呼吸ができない苦しみに襲われ意識を失いかけ、波と一体になろうとしていた。


だけど、そのとき。

きれいな何かが、美しい誰かが、無慈悲な黒い水を割って突然現れた。まるでシャボン玉の中にでもいるかのように、彼と私の周囲にだけ空気が生まれた。

……夢かもしれない。津波から助かった後にこのときのことを話したら、そんなことあるわけがないって大人たちには言われた。

事故のショックで夢でも見たのだろうって。

今になって私だってそう思う。記憶だってはっきりしない。そのときに現れた人物の顔だって、定かではない。

――だけど。

彼の放った言葉だけが、不思議と耳に残っていた。あのとき彼は私に、こう言ったんだ。包み込むような優しさを湛《たた》えた微笑みを浮かべて。

『君には世話になった。助けに来たよ、陽葵《ひまり》』

出会いのチーズケーキ

縁側に座っていると、仄《ほの》かに潮の香りがする風が頬をくすぐる。つるしっぱなしの風鈴からは、かすかに涼しげな音が響いてきた。

日暮の鳴く声が遠くに聞こえる夏の終わりの、どこか懐かしく寂寥《せきりょう》感《かん》の漂う夕方。明日の準備をひと通り終えた私は、ぼんやりとオレンジ色に染まった空を眺めていた。

「……ひとりだと余計寂しいなあ」

なんとなく感傷的な気分にさせられるこの時期の夕暮れ時は、決して嫌いではなかった。

しかし両親を幼い頃に交通事故で失い、育ての親である大叔父の小次郎《こじろう》おじさんも亡くなり孤独になった私にとっては、やけに寂しさが身に染みる。

小次郎おじさんは、この家の近くで喫茶店を営んでいた。

彼の作る甘くて優しい味のケーキや、深みのあるコーヒーに魅入られた私は、中学生になったくらいから最近までずっと、学校に行きながらもお店を手伝っていた。

十九歳になったばかりの私は、お店で出すスイーツのこしらえ方やコーヒーの挽《ひ》き方も一通り覚えている。

昨春、私の高校卒業式直後に小次郎おじさんは病に倒れてしまった。そのまま就職はせずに、本格的に小次郎おじさんの喫茶店で働こうと思っていたのに。

今までずっと持病を患っていたが、私に隠しながら騙《だま》し騙し過ごしていたということを、彼が倒れて初めて知った。

とはいえ、彼ももう八十歳間近。日本人男性の平均寿命から考えたら、体のどこかに不調がない方が珍しいだろう。

実際に、腰や肩が痛いだとか、最近めっきり疲れやすくなった、なんてことは言っていたし。

だけどお年寄りならばよくある症状ばかりで、まさか命に関わる病にかかっているなんて、思いもしなかった。

だって小次郎おじさんはいつも元気そうで、いつだって私に優しく笑いかけてくれていたから。

「ケーキが余ったから、陽葵が食べるかい？」って、私を太らすような勢いで、毎日のように言ってくれていたから。

そんな彼が、倒れてからわずか数か月でこの世からいなくなってしまうなんて、俄《にわ》かには受け入れられなかった。

たぶん、いまだに完全に受け入れているとは言いがたい。

今にも背後から「コーヒーを淹れたよ。陽葵、一緒に飲もうか」なんていう声が聞こえてきそうだ。

もう明日は、彼の四十九日だというのに。

「早いなあ……」

なんてことを独り言《ご》ちて、ぼんやりと小次郎おじさんとの思い出に浸っていた——そのときだった。

急に強い風が吹いた。庭の端に植えられたイロハモミジの枝葉が大きく揺れる。私は反射的に目を細めた。

しかし、揺れる木の下にありえない物体が見えた気がして、私は目をしっかりと見開く。

「え……?」

思わず声を漏らしてしまう。

風がやみ、揺れが緩やかになった木の下にいたのは、ひとりの見知らぬ男性だった。

少し前までは、確かにそこには誰もいなかった。信じられないことだけど、まるで突風と共に出現したかのように見えた。

もちろんそんなことはあるわけはないから、私がそこにいた彼にしばらくの間気づいていなかっただけだとは思う。

だけど、インターホンはなかったし、「ごめんください」と玄関から声をかけられた覚えもない。

客観的に考えれば、不法侵入だろう。

だけど不思議と怖さは皆無だった。

しかし纏《まと》っている気配はとても穏やかで、心が落ちている私は、不意に涙ぐみそうになるくらいに優しく感じた。

――わ、私ってば。知らない人に、なに心を動かされているの。

「あの。どちらさま、でしょうか」

縁側から立ち上がり、おずおずと、丁寧に言った。きっと悪い人ではない。根拠もなく、ただの直感だが。

すると彼は口角をわずかに上げて、ゆっくりと私の方へと近寄ってきた。近くで見ると、あまりの見目麗しさに見惚れてしまった。

紺色の浴衣をさらりと着こなした彼は、二十代中盤くらいだろうか。金色の煌《きら》びやかな短髪は毛先を程よく遊ばせていて、長めの前髪は目にかかっている。

染めているにしてはやけに自然な色合いだなあと感じた。その髪の隙間から見える瞳は、雲ひとつない空のような紺碧《こんぺき》色で、神秘的な光を湛えていた。

切れ長の瞳に、すっと通った鼻筋、形のよい薄い唇。身長は高めで細身だが、浴衣の袖から覗《のぞ》く腕には程よく筋肉が付いている。どこか浮世離れした、絶世の美形だった。

こんなに整った容姿をしているなら、一般人ではないかもしれない。芸能人とか、俳優とか、モデルとか?

うーん。そんな感じではないな。なんだろう、もっと不思議な感じがする。うまく言えないけれど。

「お線香をあげに来たのだ」

私の眼前に立った彼は、外見に似つかわしい優美で涼しげな声でそう言った。あまりの声の美しさに一瞬聞き惚《ほ》れてしまう。が、すぐに私はハッとした。

「お、お線香でしたか！ すみません、気がつかなくて……」

「いや。こちらも連絡もせずにいきなり来てしまってすまない」

「とにかくお上がりください」

小次郎おじさんの死後、たまに彼の生前の知り合いが線香をあげに来ることがあった。

喫茶店の常連さん、彼の若い頃の友人など、さまざまな人が訪れて、みんな一様に小次郎おじさんの死を悼んでくれた。

大好きな小次郎おじさんのことを死後も思ってくれる彼らを、毎回私はできるだけ丁重にもてなし、思い出話をじっくりと聞くのだった。

神秘的な美丈夫の彼は、小次郎おじさんの仏壇に線香を供えて、手を合わせて拝んだ。

目をつぶった彼のまつ毛の長さに驚かされる。

いいなあ、とぼんやりと思った。

「なるべく早めに来たかったのだが、遅くなってしまった。来られてよかった」

「は、はい！　ありがとうございます」

仏壇に祈りを捧《ささ》げていた彼に見とれていたところで、不意に目を開いた彼にそう言われたので、私は焦った。

――なんだか、さっきから私おかしいぞ。いくらイケメンだからって、見とれすぎだよ。

自分がそんなに面食いだった覚えはないんだけど……。

なんだか知らないけど、彼を見ていると心が揺さぶられてしまう。

「あ、あの。小次郎おじ……私の大叔父とはどんなお知り合いだったのか、伺ってもよろしいでしょうか？」

近年の喫茶店の常連さんなら私も知っているはずだけど、彼には見覚えがない。かといって、若い彼が小次郎おじさんの古くからの知人とは思えないし……。

一体どういう縁があったのか、気になった。

「――ああ。十二、三年前だろうか。彼のお店に俺はよく行っていたのだ」
十二、三年前。三歳のときに両親を亡くした私が、小次郎おじさんに引き取られてしばらく経った頃だろう。

そんなに昔だったとしたら、私も幼かったしその頃の常連さんの顔もあまり覚えていない。

しかし、そのくらい前だとしたら眼前の彼もかなり若い頃では……？　多く見積もっても、そのときは十代後半くらいだろう。

小次郎おじさんのお店は、渋めの中年以降のお客さんが多かったから、珍しい常連さんだなあ。

「彼の焼くケーキは本当に美味だったな。コーヒーや紅茶に合うんだ、これがまた」

「あ！　ありがとうございます！　私も本当に大好きで！」

「特にベイクドチーズケーキが俺は好きだったな。甘さは控えめなのに、チーズの風味が濃くて」

「そうなんですよ！　必ず農場から取り寄せたクリームチーズを使っていたんです。焼いた後も一晩寝かせて、味を馴染《なじ》ませてからお客さんに出していたんですよ～」

「へえ。そんなこだわりがあったのか」

「ボトム生地のクッキーはしょっぱめにして、ケーキ部分の甘みを引き立てるようにもしてたんですよ！」

ついつい、大好きだった小次郎おじさんのケーキのことを話してしまう。初対面で名前も知らないのに、彼を前にするとポンポンと言葉が出てくる。

対面する彼の美しい瞳は、私が何を言っても許してくれるような懐の深さが刻み込まれているような気がして、不思議と気分を高揚させられた。

――久しぶりだなあ、こんな楽しい気持ち。

小次郎おじさんが亡くなって、最近では心も落ち着いてきたけれど、ひとりで彼の残した部屋にいると、心から晴れやかな気持ちになんてなれるわけがなかった。

喫茶店も、さすがに私ひとりではやっていけないからもう閉じてしまったし。

片づけやら、家に遺《のこ》された遺品の整理やらに追われて今まで忙しかったけれど、今後ひとりで生きていくためにはそろそろ働き口を探さないといけない。

未来のことを考えると、気が重かった。

だから本当に久しぶりだったんだ。不安を忘れて、こんな風に誰かと楽しく会話できることなんて。

「いや、それにしても惜しいな。――もうあの味が食べられないなんて」

本当に残念そうに彼は言った。大人の男性がケーキを懐かしんでいる姿がやけにかわいらしかった。

そこで私は「あっ」と思い出す。

「あの、もしよろしかったらなんですけど……」

「実は私、昨日チーズケーキを焼いて寝かせているんです。小次郎おじさんに教わったレシピで作っているので、味はほとんど同じではないかと……。技術は劣ると思いますけどね。もしよかったら、お召し上がりになりませんか？」

「え？」

「いいのか？　是非いただきたい！」

彼はパッと目を輝かせた。その無邪気な様子に、母性本能をくすぐられる。

私より結構年上だろうし、顔だけ見たら近寄りがたさすら覚えるほどの美形だというのに。

「よかったです。ホールで焼いてしまいひとりじゃ食べきれなそうだったので……。紅茶もお淹れいたしますね」

そう告げて、居間からキッチンに移動する。

小次郎おじさんと住んでいたこの家は、築五十年は経っている日本家屋だ。あちこちガタがきていて床や柱は傷だらけ。キッチンにも昔ながらの給湯器がついている。

しかし慣れてしまえばたいした不便ではない。

というか、三歳の頃からこの家に住んでいる私は、すでにこの家が生活の基準になっているため、これより便利な生活を知らなかった。

紅茶の準備をし、音のうるさい冷蔵庫から昨日焼いて寝かせておいたチーズケーキを取り出す。

久しぶりの甘味作りだった。よく考えてみれば、小次郎おじさんが亡くなってから初めてだったかもしれない。

昨日はすっきりしない天気で、一日中どんよりとした曇天だった。なんだか無性に寂しい気持ちになり、冷蔵庫にあった材料でできるチーズケーキを、寂寥感を紛らわすために作ったのだった。

冷やされて固くなったケーキにナイフを入れていく。表面はカラメル色の焦げがまばらについていて、断面はきれいなクリーム色。

底のクッキーは戸棚にあった市販の物だけど、細かく砕いて丁寧に敷き詰めたため、ボロボロにならずきれいなケーキに仕上がった。

小次郎おじさんがよく使っていた、古伊万里《こいまり》の皿にチーズケーキを乗せる。

彼はもういないのだと、その瞬間なぜか深く実感した。涙が出そうになるのを、ぐっと堪《こら》える。

そして、ティーポットに蒸らしておいた茶葉の様子を確認する。いい色の紅茶になっていたのでティーカップに注いだ。

使い古したお盆の上に、ケーキと紅茶を二セット、ポーションミルクとシュガーポットを添え、居間へ向かった。

「はい、どうぞ～」

「……ありがとう」

微笑みながらそう言った彼からは、ひどく懐かしいものを感じた。――なんだろう、この感覚。

昔どこかで会ったことがある……？　小次郎おじさんのお店で会ったのかな？　いや、でもこんな個性的な人に会っていたら忘れなそうだよね……。

きっと、小次郎おじさんがいつも座っていた場所に彼がいるからだろうな。

そして、最近ひとりだった私を部屋で待っていてくれたから、懐かしい気持ちになっているだけだ。

と、なぜか抱いてしまったノスタルジックな気分は気のせいだと思い込むことにした。

「いや、これはなかなか。おいしいぞ、うん」

「ほ、本当ですか？」

バクバクと、いい食べっぷりでチーズケーキを口に運んでいく彼。しかし食べ方がきれいなためか、まったく下品な印象は受けず、小気味よさを覚える。そもそもが見目麗しいからかもしれない。

「ああ。生地は滑らかだし、焼き加減もちょうどいい。それに、とても気持ちがこもっている味がする」

「……気持ち?」

「おいしく作ろうっていう、君の気持ちだ」

「おいしく……」

そんなこと、私は考えていただろうか。

昨日はとにかく気を紛らわせたくて、何かをやらなくちゃと思って、慣れたチーズケーキ作りをしたのだけど……。

でも、小次郎おじさんもいつも言っていたっけ。コーヒー豆を挽くときも、メレンゲを泡だてるときも、それを口にする人が幸せな気分になれますようにと祈りながら作業するんだよって。

私にもそれが染みついていたのかな……。

「とにかくよかったです、気に入っていただけて」

そう言うと、ゼンマイ式の古い掛け時計が、ボーンボーンと音を鳴らした。午後六時を指している。

「おや、もうこんな時間か」

いつの間にかケーキも紅茶もきれいに平らげた彼が、すっくと立ち上がった。

浴衣の裾がゆらりと揺れる。やっぱり背が高いなあこの人、と、彼を見上げながら私は思った。

「すみません。そういえばお夕飯前の時間でしたね。ケーキでお腹いっぱいになってしまったんじゃないですか？」

「いや、これしきのことで俺の腹は膨れないから大丈夫だ」

「見かけによらず大食いなんですね」

「そうだとも。君も覚悟しておいてくれ」

「……？」

覚悟って何を？　まったく意味がわからず、私は首を傾《かし》げる。でもなんだか不思議な人だし、あまり深く考えなくてもいいかな？

「本当は今日君を迎えたかったのだが、準備がいろいろあってな。また明日出直すことにする」

「……？　はい？」

迎えたかったとか準備とか、さらに意味がわからない。

でも、明日の小次郎おじさんの四十九日の法要に来るってことなのかな。親戚の誰かが彼と繋《つな》がっていて、案内状を送ったのかもしれない。

でも、この人お通夜やお葬式にはいなかったのに……。そのときは都合が悪かったのだろうか。

「それでは、また明日」

「え、あ、はい」

いろいろついていけていないけれど、もうお暇《いとま》するらしいので、私は彼をお見送りすることにした。

『また、明日』は明日の四十九日に来るってことだろう、たぶん。

「玄関へ……あ、そういえば縁側から入っていらっしゃいましたよね。履き物はそっちに――。……？」

不意に感じた背中と胸への圧迫感。それによって、強制的に黙らされた私。

一瞬何が起こっているのかわからなかった。

しかし、浴衣の生地の素朴な麻の匂いと、心地よい温かさによって、だんだんと理解していく。

抱きしめられていた。彼に。名前も知らない、恐らく今日初めて出会った、神秘的な美形の彼に。

「必ず、迎えに来る。――明日」

「え……？」

耳元で、熱っぽくそう囁《ささや》かれた。

まるで恋人にするそれのような気がして、彼氏いない歴=年齢の、恋愛にまったく耐性のない私は、硬直してしまう。

え、え。何これ何これ！　どどどどういうこと？

私なんで、この人に抱きしめられちゃってるのっ？

「ではな」

数十秒ほど抱擁した後、混乱している私をやっと解放すると、彼は短くそう言った。

呆然《ぼうぜん》としている私を流し目で、艶っぽく見据えて。ただでさえ鼓動が激しい心臓が、びくんと飛び跳ねた。

「え、あ、なっ？」

なんて言ったらいいかわからず、言葉になっていない声を上げてしまう。

しかしその間に、彼は縁側に置いていた自分の下駄を履いて、すたすたと颯爽《さっそう》と歩いて去っていってしまった。

どうして私はあの人に抱きしめられたのだろうか。今日初めて会ったはずでは？

私が忘れているだけで、実は過去に顔を合わせたことがあるのかもと記憶を手繰り寄せてみたが、やっぱりあんな人記憶にない。

それに「必ず、迎えに来る。——明日」って。やっぱり四十九日のことじゃないのかな？　それなら迎えに来るって表現はおかしいし……。

それに、いきなり抱きしめてくるなんて！

——だけど。

なんだろう。なぜか、嫌じゃなかった。

むしろ、久しぶりに感じた人の温もりが、少し心地よかった気すらした。

もちろんそれよりも、男性に突然抱擁されたことにドキドキしてしまった方が大きいけれど。

でも本当に、全然嫌じゃなかったんだ。なんでかはわからないけれど。

お腹には、いまだに彼の残した温かみがある気がする。私はそれを味わうように、自分で自分をキュッと抱きしめた。

言い方は変だけど、やはり法要に来るって意味だろう。だって彼が私を迎えに来るような心当たりはまったくないのだから。

少し心が落ち着いた私は、そう思うことにした。

「……いけない。明日の準備をしなくっちゃ」

明日は近所のお寺で四十九日の法要の後、親戚たちがこの家に集まる。おじさんの遺した建物や土地の今後について、話し合うらしい。

少しだけ気が重かった。小次郎おじさんは大好きだけど、その家族とはあまり気が合わない。お見舞いにも、ほとんど来なかったような人たちだ。

だからなのか、生前に小次郎おじさんは全財産を私に残すと言っていた。

さすがにそれだと家族の人に申し訳ないと私が言ったら、おじさんは「あいつらは別に金に困ってないからいいんだ」なんて笑っていた。

そういうことならと、ここ以外住むあてもお金もない私は、ありがたく小次郎おじさん財産を相続させてもらおうかと思っている。

そのことは小次郎おじさんの家族の人たちも知っているはずだけど……。明日スムーズに話が進むといいな。

突然現れた謎の美青年のことを気にしつつも、私は明日親戚たちをを迎えるために、部屋の片づけや座布団の準備、水回りの掃除などを行なった。

すべてが済んだ頃には夜も更けていた。

夕飯を摂り損ねたと思ったけれど、チーズケーキと紅茶を味わったせいか、お腹はあまりすいていない。

冷蔵庫に残っていたチーズケーキをもう一切れ食べた後、私は床に就いたのだった。

＊

ふと目が覚めると、階下から小次郎おじさんと誰かの話し声が聞こえてきた。

お店の二階は、小次郎おじさんの休憩スペース。昼間の喫茶店の営業後、夜はバーへと営業形態を変え、幼い私は二階で休んで閉店を待つ。そして閉店後、小次郎おじさんと共に自宅へと帰るのが日々の流れになっていた。

いつもなら、二階で熟睡してしまった私を小次郎おじさんがおんぶをして家まで連れて帰るのだけど、今日はなぜかふと目が覚めた。

バーでは話が盛り上がっているようで、何を言っているかまではさすがにわからなかったけれど、ひっきりなしに笑い声が聞こえてくる。

私はこっそりと階段を降り、壁に身をひそめながら店内を覗き込む。カウンターにひとり、お客さんがいるだけだった。

見慣れた金髪の彼だったので、「ああ、あの人また来たのか」と思った。

彼はおちょこに入ったお酒をちびりと飲みながら、小次郎おじさんとにこやかに談笑していた。

何を話しているんだろうと、ふと気になった私は忍び足で彼らに近寄る。

「……あの子も、俺が死んだら頼れる身寄りがなくなっちまうんだ。あんなに幼いってのになあ……」

どういった話の流れでそんなことになったのかはわからないけれど、どうやら小次郎おじさんは私のことを言っているらしい。寂しげな笑顔を浮かべて、しんみりと彼は言った。

「しかしマスター。お主がまだ死期を考えるのは時期尚早ではないか？」

　またひと口お酒を飲んでから、例の彼が言う。相変わらず時代劇みたいな、変なしゃべり方をするなあと思った。

　彼の眼前には何本もの空になったとっくりが置いてある。しかし彼はまったく酔った様子などなく、涼しい顔をしていた。

「あんた、そうは言ってもな。人間、いつどうなるかわからないだろう？　あの子の両親だって……」

「——そうだったな。失礼した」

「あんたが謝ることじゃねえさ。俺はあの子の将来が心配でたまらないんだよ。俺の目の黒いうちは何不自由なく手をかけてやるつもりだが……。あの子がひとりだちして、いい人を見つけるまでに俺がどうにかなっちまったら、また寂しい思いをさせるんじゃねえかってな」

　小次郎おじさんは、何をそんなに心配しているんだろう。

　確かにお父さんとお母さんが居《い》なくなってしまったときは、悲しくてたまらなかった。

　でも今はもう私は元気だし、小次郎おじさんと毎日楽しく暮らしている。なんでそんなに、「もしも」の話に不安になっているんだろう。

現在のことしか考えられない幼い私には、不確定な未来のことを考える小次郎おじさんが不思議でたまらなかった。

「いい人、か。しかしあの子は、あの年でかなりの器量よしではないか。きっと美人になるぞ」

彼は、そんな小次郎おじさんに向かってにやりと笑って言う。

私、美人になれるの？

そんなようなことを言っていたのはわかり、恥ずかしいけれど少し嬉《うれ》しかった。

「悪い男にひっかかりはしないだろうねえ……」

「本当に心配性だな、マスターは」

「そりゃそうだ。俺はあの子のことを本当の娘だと思っているからな」

さらりと放たれた小次郎おじさんの言葉に、胸がジーンと温まる。

なんでこんな気持ちにさせられるのだろう。よくわからないけれど、私も小次郎おじさんのことは大好きだ。

すると、彼は小さく息をついてからこう言った。

「そんなに心配なら、あの子のことは俺に任せてくれないか」

小次郎おじさんは目を見開く。

「あんたに？」

「左様。俺はあの子に助けられたからな。もし、幼いうちにマスターがどうにかなってしまったら、俺があの子を引き取って育てよう。そして、もし妙齢になったあの子がひとり身なら……」

「ひとり身なら？」

「嫁にもらう」

小次郎おじさんはぽかんと口を開け、しばらくの間彼を見ていた。その間、彼はお酒をちびちびと飲みながら、おつまみの枝豆をおいしそうに頬張る。

嫁ってお嫁さんのこと……だよね？

大人になった自分とその隣に並ぶ彼の姿を想像して、思わず照れてしまう。

だってこの人、正直かっこいいんだもん。

いつも輝くような金髪を靡かせているし、キラキラとした笑顔を浮かべているし。

この人と結婚かあ……。別に、いいかも。

なんて、生意気にも私はそう思ってしまった。

「うわっはっはっは！　そいつはおもしれえな！」

なぜか小次郎おじさんは大笑いした。何が面白いんだろう。しばらくの間、大声で笑い続ける。

「あんたと話してたら、何ちっちぇえことで悩んでたんだって、心が軽くなったわ。ありがとうな」

「俺は本気だが」

「はは、そうだな。よろしく頼むぞ、陽葵のこと」

どうやら小次郎おじさんは、彼の嫁にもらうという言葉は本気にしていないみたいだ。

でも、私のことを彼が気にかけてくれているのが、嬉しかったようだった。

ガチャン、と足元で音がした。ふたりの話が気になって、知らず知らずのうちにかなり彼らに接近してしまっていた上に、足元に置かれていた空の酒瓶を一本倒してしまったのだった。

その音に気づいたふたりは、私の方に顔を向けた。罰の悪くなった私は苦笑いをするも、ふたりは優しそうに微笑みかける。

「おや、陽葵。起きちゃったのかい？」

「……うん」

ふたりの方に歩み寄りながら、私は小次郎おじさんの言葉に頷《うなず》く。金髪の彼は、目を細めて私を見る。

「うるさかったか？　すまんな」

「ううん。たまたま目が覚めただけだよ」

「……そうか」

そう言うと、彼はおちょこに入っていたお酒を飲みほした。枝豆の入っていたお皿も、すでに空になっている。

「それならそろそろ店を閉めるかねえ。あんたもキリがいいみてぇだし、いいだろ？」

「ああ、構わない」

彼は立ち上がり、「つけで」と小次郎おじさんに言うと、傍らに立つ私の頭を、優しく撫《な》で始めた。

「またな、陽葵」

「うん」

「――おやすみ」

かがんで私の目と高さを合わせて、やけに優しく彼は言う。私の頭をずっと撫でながら。

その表情と声が、やけに心に響いて。温かいんだけれど切ないような、なんだか甘酸っぱいような、不思議な気持ちになった。

＊

――そこで十九歳の私は目が覚めた。

カーテンの隙間から差し込む朝日に「眩《まぶ》しいな」と感じた。その瞬間、一瞬前まで覚えていた夢の内容を、私はあっさりと忘失してしまった。

何の夢だったっけ……？　確か小次郎おじさんが生きていて、私が幼かった頃の懐かしい夢だった気がするんだけど。

なんでこんなにすぐに忘れちゃったんだろう。

不思議だったけれど、夢なんてそんなものだろう。

私は「まあいいや」とあまり気にしないことにし、布団から這《は》い出て朝の身支度を始めた。

「この遺言書は無効だねえ、陽葵ちゃん」

小次郎おじさんのひとり娘――私にとっては従弟叔母《いとこおば》にあたる芳江《よしえ》さんは、厭味《いやみ》ったらしく言った。

四十九日の法要と納骨を近所のお寺で終わらせた後。予定通り、小次郎おじさんの親族と、わが家へとやってきた私。

小次郎おじさんの遺産をどうするかの話し合いの席だったが、彼が書いた遺言書があったから、それを確認するくらいだろうなあと思っていた。

だから、昨日突然現れた謎の美丈夫の彼のことを「あの人一体誰なんだろう」とぼんやりと考えていた。結局法要には出席していなかったけれど、迎えに来るってどういう意味なのだろうって。

そんなことで頭がいっぱいで、あまり親戚たちの話を真面目に聞いていなかったのだけど――。

遺言書が無効とは、一体どういうことなのだろうか。

「え……。で、でもこれはちゃんと小次郎おじさんが書いたもので……！」

「ええ、それはそうね。この字は確かにお父さんの物だわ」

「だったらどうして無効なんですか……？」

書面には、「従妹姪にあたる海野《うみの》陽葵に全財産を相続させる。海野小次郎」と記されていた。

遺言書の決まりについて細かい知識はないけれど、はっきりと私に相続させると書いてあるのに、どうして無効なのだろう。

「日付と押印がないんだよねぇ」

屋内だというのに、煙草《たばこ》をぷかぷかと吸う芳江さんの夫。どこか人を小馬鹿にしたような口ぶりだった。

「日付と、押印……？」

確かに、遺言書にはそれらは記されていない。けど、だからといって！

「それだけで、小次郎おじさんが間違いなく書いたこれが無効になるんですか？」

「残念ながらなるのよねえ。弁護士さんにも確認したしねえ」

全然残念ではなさそうに芳江さんは言う。むしろ薄ら笑いを浮かべていて、私は気持ち悪さを覚えた。

彼らの娘や息子は、居間の端の方に座っていた。幼い頃は仲よく一緒に遊んだ覚えがある。

どこか気まずそうに私を見ていたけれど、何も言わない。

「それでね、陽葵ちゃん。遺言書が無効になると、お父さんのひとり娘である私に全財産が相続されるってわけ」

「……」

遺産相続の話なんてよくわからないけれど、きっとそうなのだろう。

小次郎おじさんの妻である大叔母さんは私が生まれる前に亡くなっているし、そうなると常識的に考えて遺産を相続するのは彼の子供だ。

私のような遠縁の親戚なんて、本来なら遺産を分配するメンバーには含まれもしないはずだ。

「つまりこの家は、私のものってわけなのよ」

「そうそう。陽葵ちゃんには申し訳ないけど、何も渡すことはできないんだよねえ」

「……出て行けってことですか」

声を押し殺して私は言う。

「出て行けとは人聞きが悪いわねえ。そもそも身寄りのないかわいそうなあなたが、今までここにいられたのはお父さんの好意なのよ？」

それはそうだ。だけど、あなたたちは何もしていないじゃない。

「まあ陽葵ちゃんも若いんだからさあ。ここを出てもひとりでやっていけるでしょう？　……女の子なんだから、いろいろ武器もあるだろうし」

そう言うと、芳江さんとその旦那さんは顔を見合わせて笑った。下卑《げび》た笑い方。貶《おとし》められて、恥ずかしくて、私は涙が零《こぼ》れそうになった。

――泣くもんか。

私は俯《うつむ》いて、ぎゅっと膝の上で握り拳を作る。唇を噛みしめて、涙腺が緩むのを堪えた。

こんな人たちの前で涙なんか見せるもんか。負けるもんか。

だけどそう思えば思うほど、目頭が熱くなっていく。小次郎おじさんと大切にしてきたものが、この人たちに全部取られてしまう。

きっと、この家も喫茶店の建物もすぐに潰されてしまうだろう。小次郎おじさんが長い間大切にしていた家と喫茶店が。彼と私の大切な思い出が詰まった場所たちが。今の私にとってもっとも大切なものたちが、この人たちに無慈悲に奪われてしまう。

――悔しい。悔しい。悔しい……！

堪え切れず、涙が目尻から落ちてしまいそうになった――そのときだった。

「女の子の武器？　そんなもの、使わせるものか。陽葵は俺のものだからな」

涼しげで美しく、温かい声だった。それが突然響いてきた。

この声は、昨日の――？

ハッとして顔を上げると、開けていた障子の向こうの縁側に、彼が佇んでいた。背中には太陽を背負っていて、まるで後光でも差しているかのように見える。

そう、声の主は昨日突然小次郎おじさんに線香をあげにやってきて、なぜか私を抱きしめて去っていった、神秘的なあの人だった。

「え……だ、誰……？」

「やっべくっそイケメン！」

芳江さんの娘が、頬を紅潮させながら言う。

芳江さん夫妻は呆気にとられた表情で彼を見ていて、彼らの子供たちは、突如現れた正体不明の美形を見て、興奮した様子だった。

「陽葵、迎えに来た」

「え、あ、あの……」

「昨日言っただろう。『必ず迎えに来る』と」

「いや、それは」

もちろんそう言われたことは覚えている。

しかしあのときはまさか本当に迎えに来るだなんて思っていなくって、なんか変だなとは感じつつも「四十九日の法要に来るって意味なんだろう」と、勝手に解釈してしまっていた。

そもそもなぜ彼は私の名前を知っているのだろう。名乗った覚えはまったくないというのに。

「き、君は誰なのかね？」

芳江さんは彼に見とれてポーッとした表情になっていたけれど、彼女の夫は気を取り直したのか、不信感を露《あら》わにして言った。

「俺か？　俺は陽葵の夫になるものだ。婚礼の準備が調ったので、迎えに来たのだ」

「は……え……おおおお夫？　ここここ婚礼……？」

オットセイのような、ニワトリのような、変な声を上げてしまう私。

彼から飛び出してきたのが、あまりにも予想外のパワーワードだったので、頭の中がはてなマークで満たされてしまう。

「えー！　うっそー！　いいなあ！　こんな美形と結婚！」

芳江さんの娘が本当に羨ましそうに言った。

いや、確かに私にはもったいないいい男だけど……。

彼のことなんて名前も知らないし、婚礼だなんていきなり言われて、思考回路が破壊されてショートしてしまいそうだ。

「さ、陽葵。行くぞ」

「えええええ、い、いやどういうことなのかまったく、あの」

「何を言っているんだ？」

それはこっちのセリフです、と言おうとした私だったけれど、彼が私に向かって、
少し意味深な雰囲気で目配せをし、ゆっくりと頷いた。

――話を合わせてくれ。

そう言っているように感じて、私はハッとする。

もしかすると彼は、さっきの私たちの話を聞いていたのかもしれない。遺言状が無効で、私が追い出される――といった話だ。

彼には何らかの策があって、私を手助けしてくれるってことなのかもしれない。

冷静に考えたら、昨日出会ったばかりのほぼ初対面の人が私を救ってくれるはずは

ないのだけど。信頼していいわけもない。

だけど、昨日の彼の様子を思い起こすと。

小次郎おじさんのケーキを懐かしんでくれて、私の作ったチーズケーキをとてもおいしそうに食べてくれた彼は、きっと悪い人じゃないと思えた。

いや、絶対。

——だから。

「そ、そうです！　私、この人と結婚するんです！」

私は彼の話に乗ることにした。あまり状況が飲み込めていない親族の前で、堂々とそう言い切る。

すると彼は、口角を上げて、どこか楽しそうに微笑んだ。

そして、私の手を握って、優しく引っ張った。彼の力に合わせるように、立ち上がる私。

えーとこの後はどうするんだろう、と私がまごついていると——。

「……！」

抱きしめられた。昨日と同じように、また。とても優しく、とても熱っぽく。

「四十九日の法要が終わって、気が抜けたのかな？　俺の姫君は少し疲れているようだ」

「え？　あの、その」

「ほら、少し顔色が悪い」

私の顎に優しく手をかけて、上を向かせてくる彼。俗に言う、顎クイという行為を生まれて初めてされた私は、今度こそ脳内が故障してしまった。熱くなりすぎて、もう煙でも出てきそうだ。

え？　急に何？　抱き寄せられた上に、こんな……！

私本当にこの人と結婚するんだったっけ？

予想の斜め上を行く行為を連発されてしまったため、私の思考はすでに死んでいた。眼前にある、超然とした笑みを湛えた麗しい彼の顔に、すべてが奪われてしまう。

芳江さんを始めとする親戚一同が、ぽかーんとした顔をして私たちふたりを眺めているのが、視界の隅に映る。

しばらくしてから、芳江さんの子供たちからは「キャー！」という歓声のような悲鳴のような声も聞こえた。

少しの間私をどこか面白そうに見つめた後、やっと彼は私の顎から手を放す。しかし今度は私の手のひらを優しく握ると、縁側の方へとすたすたと歩いた。

「さあ。早く俺たちの家に帰って休もう。このままでは倒れてしまう」

「あの、えーっと……？」

「……ここにいても仕方ないだろう?」

まごついている私に、そっと耳打ちする。真剣な声音だったので、幾分か正気に戻された。

——そうだ。私はこの家を追い出されることになったんだ。

出ていきたくないって泣いてわめいたところで、芳江さんたちが私の心を汲《く》んでくれるはずはない。

彼がどこに連れていこうとしているかはわからない。彼の素性すら知らない。

——だけど。

きっと、親戚一同に蔑まれるしかないこの空間よりは、絶対にいい場所に違いない。

「——わかりました。行きましょう」

意を決してそう言うと、彼はにこりと微笑んだ。

そしてそのまま、まだ呆気《あっけ》に取られている親族たちを置き去りに、私は彼の手に引っ張られながらこの家を出た。

——思い出のたくさん詰まった、小次郎おじさんの家。両親を失ってふさぎ込んでいる私に、おいしいケーキやプリンを食べさせて元気にしてくれた大好きな小次郎おじさん。

さようなら。今までありがとう。

小次郎おじさんの死後、ずっとぼんやりとした白昼夢の中にいるような気分だった。だけどこのとき初めて、私は彼の死にしっかりと向き合えた気がした。

私の手を握ったまま、少し速めの速度で歩いていく彼。潮の香りが徐々に濃くなってきた。海岸の方へ向かっている。

小次郎おじさんの家は、海岸から一キロほど離れた場所に建てられていた。十三年前の、私も巻き込まれた大地震による津波では、ぎりぎり被害を免れた地域だ。

確かこの先は、地元の人くらいしか行かない寂れた神社のある方だったっけ……。今までは、怒涛《どとう》の展開についていけず、ただ彼に無言で歩調を合わせていたけれど、だんだん疑問が渦巻いてくる。

本能がこの人を怖くないと言っている。きっとそれは間違っていない。小次郎おじさんのお店の常連さんは、みんな温かかったから。――だけど、でも。

私を一体どこに連れていこうとしているのだろう。そして一体この人は何者なのだろう？　さっきからひと言もしゃべらないし……。

「あ、あの！」

私は勇気を出して声を張り上げた。すると彼はぴたりと足を止めて、振り返る。

「おお、元気があるじゃないか。ずっと黙っているから、疲れているのかと思っておしゃべりは控えていたんだが」

まるで本当に愛する結婚相手に向けるような、ひどく優しい微笑みを浮かべていた。ぐるぐると胸中を旋回していた疑念が、少し和らぐ。

「あの、どうして私を……。私をどこに、連れていくんですか？」

「ん？　今さら何を。俺には、君に恩があるのだ。困っていたようだったから、俺の元で世話をしてあげようと思ったのだが」

「恩……？　すみません、まったく心当たりがないんですけど……」

「え？」

心外だ、という表情だった。まるで私の方が間違ったことを言ってしまったのではないかと、そんな錯覚に陥る。

でもどう記憶を呼び起こしても、昨日初めて会った人だし、名前だってわからない。

すると彼は、何度か瞬《まばた》きしながらも私の顔をじっと見つめて、深く嘆息をした。

「まさか、覚えていないのか？」

「何をですか？」

「そこまで俺は力を失っていたというのか……。なるほど。君が来てくれなくなったわけだ」

「……？」

　まったく意味のわからないことを立て続けに言われる。

　だけど、彼には彼なりの道理があるように見えた。決して適当なことを言っている風ではない。

「あの、ちょっと意味が」

「いや、なんでもないさ。まあ深いことは考えないでくれ。君の大叔父殿にも言われていたんだ。『俺がいなくなったらこの子には身寄りがなくなるんだ。よろしく頼むぞ』ってな」

　なんでもない、で片づけられるようなことではないような気がしたけれど、話の後半部分がとても納得のいく内容だったので、追及の優先度が下がる。

　小次郎おじさんは家族とは疎遠だったけれど、近所の人や常連さんたちには深く慕われていた。

　中には血よりも濃い付き合いをしていた人たちもいたようで、今日の四十九日の法要にも、たくさんの人が彼の死を偲《しの》んでいた。

　だから、小次郎おじさんが親族ではない誰かに私のことを託していても、不思議ではなかった。

「なるほど、そういうことだったんですね」

「俺の名前は紫月《しづき》。今から行くのは、俺の屋敷だ。従者もたくさんいるから、君も不自由なく暮らせるはずだ」

「屋敷、従者……」

庶民の口からはなかなか出てこないような単語が次々と飛び出し、気後れしてしまう。

やっと彼の名前はわかったものの、親族でもない私がいきなり御厄介になっていいのだろうか。

「あ、あの。ご迷惑ではないでしょうか……」

「迷惑？　なぜだ？　俺の妻なのだから、そんなこと思うわけないじゃないか」

「えっ……？」

確かにさっき親族の前で婚礼だの結婚だの、そういう話をしたけれど。あの場から逃れるための方便だと私は思い込んでいた。

「あ、あれは私の親戚たちを黙らせる嘘《うそ》じゃなかったんですか？」

「本気だが？　君も、結婚する！と啖呵《たんか》を切っていたじゃないか」

「それは……言いましたけど！」

「抱擁も受け入れてくれたし。てっきり了承したのかと」

「あ、あんなにいきなり抱きしめられて、逃げられるわけないじゃないですか！」

私がそう言うと、彼はくっと喉の奥で笑った。

「なるほど、それもそうだ。確かに少し急だったかもしれないな。考えを改めるとしよう」

そのひと言にほっと安堵《あんど》する。

昨日会ったばかりの人だ。まだ恋愛関係でもないのに、結婚だの婚礼だの、十代の私にはあまりにも性急すぎる。

すると不意に、私の頬を紫月さんが優しく包み込んだ。撫でるように急に触れられてしまい、私は硬直する。

「だが俺は君……陽葵を本気で娶《めと》りたいと思っている。そのことは肝に銘じておいてくれ」

どこか切なさを帯びた瞳でまっすぐに見つめられながら、ゆっくりと彼は言った。ふざけている気配はない。本気で、心からそう思って、彼は言葉を紡いでいる。

「え……あ、あの？」

いきなりの、プロポーズに面食らってしまう。しかしそんな私には構わずに、紫月さんは私の手を握って再び歩きだした。

「とにかく君は行くところがないのだから、俺の屋敷に来るがよい。とりあえずは俺の婚約者ということにしておくから」

確かに行くところはない。準備もなく飛び出してきたから、財布やスマートフォンすら置いてきてしまった。

文字通り無一文だが、私物を取りに行くためにあの家に戻るのはごめんだった。もう二度と、あの人たちの顔は見たくない。

わらにもすがる思いで、とりあえずこの人の言う通りにするしかない。屋敷では、積極的に掃除や炊事をして、居候としての恩を返すことにしよう……。

ぼんやりとそんなことを考えていると。

「必ず君の心を動かし、君の方から、俺と結婚したいと言わせてみせよう。覚悟しておくがいい」

お茶目にウィンクをしながら、自信満々に歯の浮くようなセリフを言う。男性に口説かれ慣れていない私は、ドギマギしてしまって何も言えなくなる。

そんな私とは対照的に、この人は女慣れしている印象がある。しかしそれに嫌悪感はなかった。

少し強引だけど、大半の女子は引っ張ってくれる男性にはやっぱり弱い。今まで知らなかったけれど、私もそうだったらしい。

正体はいまだに不明だけど、なぜか憎めないし、どこか温かい。魅力的な人だなと思う。

それにしても、なんで紫月さんは私なんかと結婚したいのだろう。

これだけ見目麗しければ、よりどりみどりだと思うのだが。屋敷だの従者だのなんて言っているから、きっと財産もたくさんあるのだろうし。

不思議に思いながらも、無一文な上に行くあてのない私は、彼の後に続いて歩くしかなかった。

甘味係の黒ごまプリン

紫月さんに引っ張られてたどり着いたのは、潮月《しおつき》神社という、古びた神社の鳥居の前だった。

小次郎おじさんに連れられて、何度かお参りに来たことはある。しかし神主は不在で、人通りは少ない。

小次郎おじさんが町内会費が余ったときにたまに修繕費にあてている、と言っていた気がする。

要するに廃れた神社だが、建立されたのは室町時代らしく、社は歴史ある建造物だ。十三年前の地震による大津波では、周囲を覆う防潮林によって奇跡的に被害をほとんど受けず、その歴史はいまだに細々と続いている。

「ここ……ですか？」

これがこの人の屋敷？　まさか。社は今にも朽ち果てそうだし、人が住んでいる気配なんて皆無だ。

神社の周りを取り囲む林で見えないだけで、近くに住居があるのだろうか。

「そうだ。とりあえず入ろうか」

「本当にここ……？」

さっきから握りっぱなしの私の手のひらを引っ張りながら、紫月さんは悠然とした足取りで鳥居をくぐる。

いやいや、こんな風が吹いただけで崩れそうな神社に人が住んでいるわけないじゃない——そう思いながらも、紫月さんの後に続く。

——すると。

「えっ？」

ところどころ色褪《あ》せた、朱色の鳥居をくぐった瞬間。景色が一変した。

掘っ立て小屋のようだった社は、端が見えないほど広大で荘厳な佇まいの日本家屋へ。雑草が鬱蒼《うっそう》と生い茂っていた境内は、整然と敷き詰められた石畳へ。

屋敷の傍らには、透き通った水が溜《た》められた池に鹿威《ししおど》しの音が響きわたっていた。金色や、錦色の美しい鯉《こい》が悠々と泳いでいるのが見えた。

さらに、鳥居をくぐる前まで神社を覆っていた林はいずこかへ消え、少し高台に位置しているこの場所からは、きらきらと太陽の光を反射させている海面が望めた。澄んだ海の青に取り囲まれた美しい屋敷は、それだけで神秘的な気配を醸し出している。

また、屋敷内の渡り廊下は、忙しそうに人影が行き来していた。紫月さんの従者たちだろうか。先刻は人っ子ひとりいなかったというのに。

鳥居をくぐる前は、小次郎おじさんの家の土地よりも狭かったように見えた境内だったけれど、今は高校の修学旅行で行った明治神宮並みに広大な土地になっている。

敷地面積まで広がっているようだ。

「こ、これは……？」

一体何が起こったのか、まるで理解できなかった。私は幻覚でも見せられているのだろうか。

短い期間にいろいろなことがありすぎたせいで、私はとうとう頭がおかしくなってしまったのかもしれない。

超常現象を目の当たりにして、私は口をあんぐりと開けたままその場に立ち尽くしてしまう。――すると。

「紫月さま！」

かわいらしい声が響いてきた。日本家屋の方を呆然と眺めていた私だったが、誰かが近寄ってきた気配を察する。

「ああ。千代丸《ちよまる》、琥珀《こはく》」

「おかえりなさ～い！」

「ただいま」

「紫月さま、このお方は……？」

私の傍らにいた紫月さんが、寄ってきた従者ふたりと会話を始めたので、やっと私は彼らに視線を移す。

そこで私は、さらに驚愕《きょうがく》の光景を目の当たりにする。

「ああ、俺の婚約者だ」

「ニャんと!?」

「婚約者、さま……？」

紫月が当たり前のように会話をしていた、従者らしきふたりは。

――人間ではなかった。

ひとり（一匹）は、茶トラ模様の猫。グリーンのつぶらな瞳、にょろんと伸びた長いしっぽ。紺色の作務衣を着用しているが、袖からはぷにぷにとしていそうなかわいらしい肉球が見えている。外見は明らかに猫そのものなのに、二本足で直立し人語を話している。

もうひとりは、一見十代後半の人間の少年に見えるけれど、こげ茶色のサラサラとした髪の隙間から、とんがった狐《きつね》のような耳がにょきっと生えている。とんぼが舞っている水色の浴衣を着て、作業しやすいようにか、紐《ひも》で袂《たもと》をたすき掛けしている。しかしその裾からは、ふさふさで黄土色のしっぽが覗いていた。

ふたりとも、私の知識からすると人間のくくりからは大きく外れる。あり得ない。ありえない生物だ。

そして、よく見てみると。

屋敷の渡り廊下をせわしなく移動している人たちは、眼前にいるふたりのように、一様に獣のような耳が頭頂部に生えていた。

先ほどまで遠目であまり見えなかった、境内を履き掃除している従者らしき人(?)にも、オオカミのような灰色の三角形の耳ともふもふのしっぽが生えている。

「動物が……立って、歩いて、しゃべ……」

あまりに現実離れしている光景だった。ちょっと頭が追い付かなかった。

混乱極まったせいか、私はその場で倒れて意識を失ってしまったのだった。


目が覚めたら、ふかふかの布団に全身がくるまれていた。

自分の部屋の掛布団とは少し匂いが違う気がしたけれど、いまだまどろみの中にいる私は、気に留めないことを決め込む。

えっと、私いつの間に眠ってしまったんだっけ？　すごく不思議で驚かされるような夢を見た気がするんだけど。

小次郎おじさんの四十九日の法要の後、いきなり紫月さんっていう謎の美形青年に求婚されて、潮月神社に連れて来られたと思ったら社がいきなり豪邸に変わって、猫や狐耳を生やした男の子に出迎えられるとかいう。

突拍子もないし、あまりにもメルヘンすぎる夢だ。きっと四十九日が終わって気が抜けてしまったんだろうな。

そうひとり納得し、私はようやくしっかりと眼を開く。――すると。

「ニャー！　目が覚めたんだね陽葵さま～！　二時間以上も眠ってたから心配したんだよ～！」

寝っ転がっている私の傍らには、作務衣を着たもふもふの茶トラ猫がいた。私が目覚めたことを喜んでくれたのか、少し涙ぐみながら微笑んでいる。

にょろんと伸びたしっぽを軽くパタパタと揺らしていた。こんな風に猫がしっぽを揺らしているのは、機嫌がいいときだったと思う。

小次郎おじさんの家の近くに地域で世話をしている猫がたくさんいたから、猫の生態についてはそれなりに知っている。

「夢じゃなかった……」

私は敷布団の上で上半身だけ起こし、頭を抱える。

よく見たら、ここは小次郎おじさん宅の自室の洋間ではなかった。

落ち着いた香りの漂う、畳敷きの和室だ。窓際の障子は、うっすらと桜の花弁が散っている柄だった。

「え、なんて言ったの？」

「……なんでもないわ」

かわいらしく首を傾げる茶トラ猫くんに、私は苦笑を浮かべて答える。

出会った瞬間は疲れもあってか、驚愕して倒れてしまったけれど、幾分か睡眠をとった今、落ち着いた私の心は彼を受け入れつつあった。

そもそも私は猫が大好きなのだ。犬もかわいいけれど、断然猫派だ。人間の子供のような大きさの猫が、立って歩いて服を着て、ときどき「ニャ」と言いながらも人語をしゃべっているなんて。

常識を取っ払って考えたら、「かわいい」という感想しか残らない。

「あの……。猫くん、お名前は何というの？」

「僕は千代丸って言うんだー！」

尖《とが》った犬歯を猫口の端からかわいらしく出しながら、元気よく千代丸くんは言う。

「千代丸、くん」

「そうだよ！　紫月さまの婚約者である陽葵さまに名前を呼んでもらえて嬉しいなあ！」

高めの少年の声で、勢いよく言われる。長いしっぽをピンと立てながら。

これは確か、猫が甘えているときの仕草だ。

千代丸くんのしっぽの動きは、普通の猫と同じで感情のバロメーターになっているようだ。そしてどうやら、私を快く受け入れてくれているらしい。

だけど彼に対して、少々申し訳ない気持ちが生まれる。

私、成り行きで紫月さんの婚約者になってしまっているけれど、まだ彼と結婚するつもりはないんだけどな……。

しかしそんなことを言ったら混乱を招きそうなので、ここではその件については触れないことにした。

「千代丸くん、ありがとうね。倒れた私を看病してくれていたの？」

「看病と言っても、様子を見ていただけだよ～！　たいしたことはしてないよ！」

大袈裟《おおげさ》に首を横に振る千代丸くん。揺れるとんがった猫耳が、なんともかわいらしい。

「いいえ。目覚めたときに千代丸くんがいてくれて、なんだか安心したの。……ところで、いろいろあなたに聞きたいのだけど……」

「僕の答えられることならなんなりと！」

「ここがどんな場所で、紫月さんやあなたたちが何者なのか、教えてほしいの」

「ニャ……？　どういうこと？」

「……こう言ったら失礼なのかもしれないけれど。私にとって、千代丸くんみたいな猫は『ニャー』としか鳴かないし、立って歩くこともない生き物なの。あなたと一緒にいた男の子も、人間みたいに見えたけれど耳には狐のものが生えていたし……。それに、鳥居をくぐった瞬間、ボロボロだった社が立派な日本家屋に変わったの。私にとっては、不思議なことばかりで」

　そこまで言うと、今まできょとんとした顔をして話を聞いていた千代丸くんが、困り顔になって深く嘆息をした。

　ピンと立っていたしっぽも、ふわりと床に落ちる。

「紫月さまから何も聞いてないのかなあ、陽葵さまは」

「う、うん」

「本当に紫月さまってマイペースなんだから、もう……」

　まだ出会って間もないけれど、紫月さんの行動に振り回されまくりな私は深く同意した。

　従者である千代丸くんに対しても、日頃からそうなのだろう。

「じゃあ僕が紫月さまの代わりに、ここ潮月神社の真の姿について説明するよ！」

　そう前置きを述べると、千代丸くんはとてもわかりやすくここが一体どういう場所なのかを説明してくれた。

　紫月さんも彼の従者も、人間ではない。紫月さんはこの神社に祀《まつ》られている縁結びの神様なんだそうだ。

　数百年前にただの狐として生まれた彼は、年齢を重ねていくうちに妖気を身につけて化け狐である九尾に進化し、さらに成長して神通力を手に入れ、神としてこの神社に奉られるようになった。

千代丸くんを始めとする多くの従者は、紫月さんの神通力によってこの世に生み出された神使だという。

また、普通の人間に見える古びた潮月神社は、仮の姿。本来の姿は紫月さんが神通力によって作り出した、この洗練された日本家屋なのだと。

「し、紫月さんが神様……。神通力……」

まるで日本昔話みたいだ。昨日までの私なら、何ひとつ信じなかっただろう。

だけど実際にボロボロの社が豪邸に変化する瞬間をこの目で見ているし、眼前には猫の姿の神使が私の看病をしてくれている。

いくら信じがたい話とはいえ、受け止めるしかなかった。

「人間が真の姿の潮月神社を訪れるのは初めてなんだ。僕たちは紫月さまが大好きなんだけど、ずっと寂しい独り身だったから心配してたんだ。だからこんなにかわいらしい婚約者ができてくれて、屋敷の従者四十四人は大喜びだよ～！」

「そ、そうなんだ……」

実は結婚する気はないだなんて、あまり言えない雰囲気だ。密かに心苦しくなる私。

頃合いを見計らってみんなに打ち明けることにしよう。そうしたら従者のひとりとして扱ってもらうようお願いしよう。

「ところで紫月さんはどこへ行ったの？」

話が一段落したところで、気になって私は尋ねる。

ほぼ何の説明もなくこの場所に私を連れてきた張本人は、一体どこへ？　神様だから忙しいのかな。

「陽葵さまがいきなり倒れちゃったから、紫月さまはすごーく心配してたよ！　ついさっきまではこの部屋に一緒にいたんだ！　だけど琥珀が陽葵さま用のご飯を作ってたから、その様子を見に行くって出てってからまだ戻ってきてないんだ～」

「ご飯？」

そういえば、長い時間何も胃に入れておらず、腹の虫が今にも鳴りそうだ。何かいただけたらそれはそれはありがたい。

だけど、神様とその従者たちが言うご飯って、一体どんなものなんだろう。

千代丸くんの見た目から考えると海産物だろうか。もしくはキャットフード？

……いや、まさか。

なんてことを思っていると、障子がゆっくりと開く。紫月さんと、御膳を持った従者らしい私と同い年くらいの男の子が入ってきた。

確か、さっき千代丸くんの隣にいた、人間タイプだけど狐の耳としっぽが生えた少年だ。とても端正な顔立ちをしていて、美少年と呼んでも差し支えない。

「陽葵！　気がついたのか」

目を覚ました私の姿を認めると、紫月さんは嬉々《きき》とした面持ちになり、私の傍らに勢いよく座った。

――こんなに喜んでくれるんだ。

どうして彼が私を大切に扱ってくれているのかはいまだにわからないけれど、小次郎おじさんが亡くなってから誰かに構われることのなかった私は、胸に熱いものがこみ上げてくる。

「は、はい。今さっき目が覚めました」

「よかった！　もう大丈夫なのか？」

「はい。少し疲れていただけなので……」

別に具合が悪くて卒倒したわけではない。あまりにも常識離れした景色を、心の準備もなく見せつけられたせいだ。

あと、たぶん精神的に疲労困憊《こんぱい》していたことも重なったのだと思う。

「……陽葵さま。お腹はすいていらっしゃいますか」

従者の男の子が、私の布団の横に御膳を置きながら言う。私と目も合わさずに放たれたその言葉は、不愛想な声に聞こえた。

確かさっき、紫月さんが琥珀って呼んでいたっけ。

アーモンド形の切れ長の瞳が印象的だ。千代丸くんよりも人間に近い見た目だが、耳としっぽに狐の要素が残っている。

終始無表情でいるためか、近寄りがたい印象を受けた。

もしかすると、突然現れた主《あるじ》の嫁である私を、まだ受け入れ切れていないのかもしれない。

「……うん。ちょうどさっき千代丸くんにご飯の話を聞いてね。もう何時間も何も食べてないことを思い出したところだったの」

私は笑みを浮かべて琥珀くんに向かって言う。

彼の表情の硬さは気になったけれど、私の方から壁を作るつもりはない。お世話になる紫月さんの従者なのだから、琥珀くんにだって感謝の気持ちしかないし。

「そうですか。……卵粥《たまごがゆ》をこしらえてまいりました」

そっけない口調でそう言うと、琥珀くんは御膳に載った小型の土鍋の蓋を開けた。

「うわあ……」

白い湯気が視界を覆う。次に感じたのは、白米と卵の、とても食欲をそそる匂い。

土鍋の中には、溶かれた薄黄色の卵が混じった粥が、たっぷりと詰まっていた。

「とてもおいしそう！　ありがとう、琥珀くん」

「私は炊事係の仕事をしたまでです」

琥珀くんが炊事係ということは、今後の食事も彼が用意をしてくれるということだろう。

私も小次郎おじさんのお手伝いをしていたから、料理をするのは好きだ。一緒に調理場に立てないかなあ。

そんなことを思っていると、紫月さんがれんげを使って器に卵粥を取り分けていた。

「起きたばかりのようだが、もう食べられるのか？」

「あ、食べられま……」

「では口移しで」

食べられます、と言おうとしたのに紫月さんが言い終わらないうちに言葉を被《かぶ》せてくる。

余裕綽々《よゆうしゃくしゃく》そうな笑みを浮かべて、私を面白そうに眺めながら。

な、何を言っているのこの人は！

「じ、自分で食べられます！」

「そうか。それは残念だなあ」

笑いを堪えるような顔をして、紫月さんは持っていた器とれんげを御膳の上に置いた。

私は彼がまた変なことを言い出さないうちに、すぐさまそれを自分の手で取る。

隙を見せたらすぐに私をからかうんだから、もう！

困惑しながらも卵粥を口に入れる。――すると。

「……！　おいしい！」

絶妙な塩加減に、程よい卵の分量。起きがけにちょうどいいご飯の柔らかさ。

まさに、私の体が今欲している食物だった。食欲が、私の本能が、卵粥を欲しがり、まるでかき込むように食してしまう。

「お口に合ったようでよかったです」

そんな私の食べっぷりを見てそう言った琥珀くんの表情は、どこか先ほどよりも緩んでいたように思えた。

「本当においしい！　ありがとう！」とひと言告げた後、私はさらに卵粥を口に運んだ。するすると胃が卵粥を受け入れていく。

「――ごちそうさまでした」

あっという間に完食してしまった。

誰かの手作りによる、優しい味のお粥。満たされたお腹からわき起こる幸福感。

涙が零れてきた。悲しい雫《しずく》ではない。温かい、幸せが感じられる落涙。

「あ……」

前触れもなく泣きだした私に、紫月さんは寄り添うように近づくと、頭を優しく撫で始めた。その手がとても温かくて、私の涙腺はさらに緩んでしまう。

「どうしたんだ？　何か悲しいことでもあったのか？」

私の顔を覗き込みながら、心底心配そうに紫月さんは言った。

しかし今の私は優しくされればされるほど、涙が溢《あふ》れてしまった。

しばらくの間、声を出すことができず、ただただ瞳を滲《にじ》ませながら紫月さんの手のひらの温もりを感じ続けた。

すると琥珀くんが、相変わらず不愛想だが丁寧さを感じる声でこう尋ねてきた。

「……何かお体に合わなかったでしょうか？　腹痛など起こしておられませんか？」

自分の料理に何らかの不手際があって、私が泣いているのだと思ったらしい琥珀くん。私はぶんぶんと、首を横に振る。

「――違う。違うの。おいしくて、温かくて、嬉しくて……」

小次郎おじさんが亡くなってからは、ずっと自炊をしていた。自分が作った料理は、きっとまずくはないのだろうけど、調理の段階をすべて把握しているためか、味わうというよりは、お腹を膨らますための作業になっていた。

本当に久方ぶりだったのだ。自分以外の誰かによる、気持ちがこもった手料理を食べたのは。

大切な人を失って、血の繋がった親族に住んでいた家を追い出されそうになって。私はきっとどこかで自分の存在価値を見出《みいだ》せなくなっていたのだと思う。

琥珀くんが作ってくれたお粥を、笑顔の千代丸くんと私をからかう紫月さんに見守られながら食べた時間は、鬱々としていた心を温かい毛布でくるんでくれるような、そんなじんわりとした優しさを感じられる瞬間だったのだ。

「……そうですか」

そう言った琥珀くんの口角は、わずかに上を向いていたように見えた。千代丸くんも満面の笑みで、しっぽをぱたぱたとご機嫌な様子で振っている。

私を撫でるのをやめた紫月さんは、いつも通り余裕綽綽そうな笑みを浮かべていた。

すると琥珀くんは、「お代わりを持って参ります」と言って部屋から出て行った。千代丸くんも「僕も手伝うー！」と、ついていってしまった。

不意に紫月さんとふたりっきりになってしまった。彼が微笑ましそうな顔をして私を眺めている。

「ここにいれば、ずっと楽しく暮らせる。心穏やかに、のんびりと」

目を細めて紫月さんが言う。温かいご飯を食べただけで泣いてしまった私を、まるで安心させようとしているみたいだった。

確かに、紫月さんも彼の従者である千代丸くんも私を歓迎してくれているようだった。琥珀くんはまだちょっとよくわからないけれど、おいしいお粥を作ってくれたということは、私を激しく拒絶しているわけではないのだと思う。

　血が繋がっているにも関わらず、ニヤニヤしながら私を追い出そうとした親戚とは、えらい違いだ。

　──でも、それに無条件に甘えてはいけない気がする。

「そして俺と愛を育もう」

「愛を育……いやいや。あの、今後のことなんですけど」

　ナチュラルに結婚の方向にもっていこうとする紫月さんの言葉に流されまいと、私は首を横に振りながら言う。

「紫月さんは、私のことを昔から……」

「紫月でいい。あと、よそよそしい敬語もなしだ。ここにいるのなら水臭いのはやめてくれ」

「じゃ、じゃあ紫月。紫月は私のことを昔から知っていたかもしれないけど、私にとっては昨日会ったばっかりの人で。やっぱりそんな人に、お世話になり続けるわけにはいかないと思うの」

「俺はそんなことまったく気にしないが……。愛に時間など関係ないだろう」

　キリッとした決め顔を作って、息を吐くように殺し文句を言ってくる。

私はいちいち自分の心臓が反応することをうっとうしく思いながらも、彼のペースにはまらないように踏ん張る。

「と、とにかく。ひとりだちする準備ができるまで……それまでの短い時間だけ、居候という形に。どこかでアルバイトを探すので、お金が貯《た》まったらここを出ようと思っているので……。お願いします」

結婚だの婚約者だのという話にはもちろんついていけないが、身寄りのない私の面倒をみてくれることには、感謝しかない。

だから私は深く頭を下げたのだった。

「顔を上げろ、陽葵。君が俺に頭を下げる必要はない。俺が好きでやっていることなのだから」

優しい声で紫月が言う。私はおずおずと面を上げた。

「君がそこまで言うのなら、その意思は尊重することにしよう。ある程度、資金が貯まるまでここにいたいということだな」

「う、うん！」

紫月があっさりと了承してくれて、少しの不安を抱いていた私はホッと胸を撫でおろす。

私となぜか一緒になりたいらしい紫月。私が結婚を断るとなると、彼にとっては私を置いておくメリットがなくなる。

だから、そういうことならばもう出ていってくれ、と言われるかもしれないと、私は危惧していたのだった。

まあ、そんな身も蓋もない言い方をするような人には思えなかったけれど、多少難色を示されても仕方ないだろうと考えていた。

でも彼の反応を見る限り、私に結婚の意思がないことを、それほど気にしていないようだった。

「仕事先が見つかって、ある程度お金が貯まるまでか。この先数か月ってところか？」

「うん、それくらいになるかなと思う」

「そうか。それだけあれば十分だ」

にやりと、どこか企《たくら》むように紫月が笑ったので私は眉をひそめた。

「それだけ期間があれば、君は俺と結婚したくなるはずだから」

どこからそんな自信が出てくるのか。少しの迷いもなく言い切るような口ぶりだった。

やけに物わかりがいいなあと思ったけれど、私との結婚を諦めたわけじゃなかったんだ……。

「そ、それはちょっとわからないけど」

今のところそんな気は皆無です。でもはっきりとそう言うのはちょっと心苦しかったので、戸惑いながらもやんわりと言う。

「大丈夫。俺にはわかるから」

「……」

「まあ、とりあえずそういうことなら、働き口はこの場所で探せばいい。わざわざ外に行くことはないだろう。仕事内容については、これから検討しよう。労働に見合った対価を、人間の貨幣でちゃんと支払えばいいだろう？」

「え。ここで？」

「そうだ。ここは俺の従者の数も多く、敷地も広いから。探せばきっと何か仕事があるだろう」

考えてもいなかった。だけど確かに、鳥居をくぐった瞬間にざっと見えた屋敷の外観と庭園は、かなり広大に思えた。一瞥《いちべつ》しただけでは、全貌が把握できなかったほどに。

紫月の言う通り、広い土地でたくさんの彼の従者がいるこの空間では、何らかの仕事は見つかりそうだ。

「わかった。では、こちらで働けるよう、よろしくお願いします」

「だから、そんなにかしこまらなくてもいい。さっき少し眠ったとはいえ、今日はもう疲れただろう？　琥珀と千代丸が持ってくるお粥のお代わりを食べたら、ゆっくり休むんだ」

言われてみれば、体中がまだ少しだるい。

卒倒した後二時間くらい睡眠をとったとはいえ、疲れは全然抜けきっていない。なぜか強い脱力感もあった。

小次郎おじさんがいなくなった家をひとりで守っている間、知らないうちに気を張っていたのかもしれない。

「うん、そうするね。ありがとう」

「うむ。ひとりで眠るのは寂しいだろう。俺が添い寝しようか？」

「……！　大丈夫だからっ！」

想像してしまい、さすがに赤面してしまった。

紫月は心底おかしそうに喉の奥で笑うと、「ゆっくりするんだぞ」と言って、部屋から出て行った。

――まったくもう。すぐにあやしい方向に話を持っていくんだから！

不思議と嫌悪感はまったく湧かない。紫月にからかわれて生まれる感情は、気恥ずかしさばかりだった。

その後すぐに、琥珀くんと千代丸くんがお粥のお代わりを持ってきてくれた。私はそれをすぐに平らげると、紫月に言われた通りに床に就いた。

目を閉じて、自分の身が置かれた状況をいろいろ考えては、「よく考えたらあり得ないよなあ」なんて思ったけれど、疲労困憊だった全身は、すぐに私を心地のよい睡眠へと誘ったのだった。

障子紙越しから日の光がうっすらと差し込んでいる。あの後、結局私は朝まで眠り続けてしまったのだ。

気分はよかった。小次郎おじさんが亡くなってからずっと、毎晩寂しさを抱えながら眠りに就いていたけれど、昨日はそんなことを考える暇がなかったせいかもしれない。

布団から這い出ると、きれいに畳まれた桜色の浴衣が一式、枕元に置いてあるのが目に入った。

これって、私の着替えってことだよね？

そう解釈した私は、昨日から着ていた服を脱いでから浴衣に袖を通す。

浴衣の着付けは、以前に友人と花火大会に行ったときにネットの情報を参考にしながら見よう見真似でやったことがあるので、なんとなくは知っている。

――なんとなく、だけど。

部屋の隅に立てかけられていた姿身を見て、パッと見不格好ではないように浴衣を纏った後、私は部屋から出た。

――すると。

「ニャッ！」

「きゃっ！」

何か、柔らかいものとぶつかったので小さく悲鳴を上げる私。聞こえてきた声で、何かの正体はすぐに察する。

「千代丸くん！　ごめんね」

驚いたせいか、しっぽの毛をかわいらしく逆立てていた千代丸くんだったが、私がそう言ったらすぐに毛を寝かせた。

「ううん――！　陽葵さま起きたんだね〜！　ちょうど様子を見にお部屋に行こうと思っていたんだ〜」

「そうだったんだね、ありがとう。あれ、今って何時なのかな？」

「午前九時過ぎだよ！　朝食の時間にも一度来たんだけど、陽葵さまはまだよく寝ているみたいだったから、起こさないでおいたんだ〜」

「もう九時だったんだ！　ごめんね、気を遣わせちゃって。――あの、ところで紫月はどこにいるの？」

そう尋ねると、千代丸くんは口元をにやりという形にした。

「ははーん陽葵さま。愛する夫である紫月さまに、おはようのチューをしに行くってこと〜？」

「チュ、チューって！　ち、違うから！」

「そんなに照れなくってもいいんだよ〜」

「いや本当に！　神様って昼間は何してるのかなって、純粋に疑問に思っただけだから！」

必死に弁明する私。朝からキ、キスなんて考えもしなかった。

だいたい私はあの人と本当に結婚するつもりはない。それに、彼のことはまだよく知らないし。

「なんだ、つまんないなあ」

「つ、つまんないって……」

この猫さん、かわいらしい見た目をしているけれど、なかなか下世話な性格なのかもしれない。

「まあ、紫月さまなら神社の方にいると思うよ〜！」

「神社に？　何をしに行ったの？」

「もちろん神様だから参拝客の願いを聞きに行ったんだよ！　ここは縁結びの神社だからね～。午前中から参拝に訪れる熱心な人間もいるんだよ。最近はめっきり少なくなっちゃったけどね～」

「へえ……」

　神様が参拝客の願いを聞くって、一体どういう感じなんだろう？　すごく気になった。

「様子を見に行ってもいいのかな？」

「紫月さまの婚約者さまだから、もちろん大丈夫だよ～！　きっと紫月さまも大好きな陽葵さまに早く会いたいはずだしね～」

「はは……。じゃ、じゃあ行ってくるね」

　私と紫月の仲を盛り上げようとする千代丸くんの言葉は適当に流しつつ、私は神社の境内の方へ向かう。

　渡り廊下を歩くと、遠くの水場でかわいらしい獣耳を生やした従者たちが、洗濯に勤《いそ》しんでいるのが見えた。

　少し忙しい朝の時間の、清々しい空気が漂ってくる。

　私、本当にここに御厄介になるんだ……と、昨日からの非現実的な出来事を噛みしめながらも、廊下を進む。

そして屋敷の玄関に置いてあった草履を履いて境内へと歩んだ。

紫月は、お賽銭《さいせん》箱の前の本殿の奥にあるご神体の前にひとり佇んでいた。彼の正面には、両手を合わせて神に祈っている男性の姿がある。

確か昨日、普通の人間にはここは寂れた小さな神社に見えるのだと千代丸くんが言っていた。

祈りを捧げている男性にはきっと、私が以前から知っている潮月神社の姿が見えているのだろう。

紫月の姿も、きっと彼の目には映っていないのだろう。私が彼の近くに歩み寄ってもまったく反応しないので、きっと私の姿も。

ただの人間である私だけれど、今は紫月側の立場っていうことか。

「出会いが全然ありません。どうかどうか、いい人に会わせてください」

声に出していない男性の願い事が、私の脳内に響く。紫月側にいると、人間の秘密の願いも聞くことができるようだ。

とても切実そうにそう祈る男性は、二十代後半か、三十代前半に見えた。

この辺はド田舎で若い人が少ないから、そりゃ出会いもないよね……、心中お察しします。

このお願いを、紫月は叶《かな》えてあげるのかな？　と彼の方を見てみる。彼は、温和そうな笑みを浮かべて男性を見据えていた。

――すると。

『仕事に精を出し、今まで以上に頑張ることだ。真面目な君のことを見てくれる相手は、必ず現れる』

紫月の朗々たる声が響いてきた。彼が直接口から発したのではなかった。頭の中にそのまま響いてくるような、まさに神のお告げのように私の心に届いた。

でもきっと、人間の男性には届いていないよね？　神様の声なんていきなり聞こえたら、事情の知らない人はびっくりしちゃうし。

するると男性は目を開けて、満足げに微笑んだ。

「……よし。なんだかやる気が出てきたぞ！」

そう独り言ちて、紫月に向かって一礼をすると、彼は軽やかな足取りで境内を去っていった。

「陽葵、おはよう」

傍らで一部始終を眺めていた私に向かって、紫月が話しかけてきた。朝からキラキラと、形のよい瞳を輝かせている。

一方で私は、寝起きの顔だったので、少し恥ずかしくなってしまった。

「お、おはよう」

「愛する人から朝の挨拶をされるなんて、嬉しいことこの上ない。今日も最高に愛らしいな、陽葵は」

「いや、あの……」

たぶんそこまで絶賛されるほどのかわいい顔ではないし、そんなことを言われ慣れていない私は口ごもってしまう。

すると紫月は私の顎にそっと手をかけた。突然のことに戸惑っていると、なんと彼は私の額に優しく唇を押し付けた。

「……っ!?」

「まだ寝ぼけ眼のようだったから。これで目が覚めただろう?」

絶句する私に向かって、おかしそうに微笑みながら紫月が言う。

ほ、本当にこの人は！　暇さえあれば私で遊ぶんだから！

「ちゃ、ちゃんと起きてるので、大丈夫、です……」

「む、そうか?」

「そ、そんなことより。さっきの男の人、参拝客だよね」

一刻も早く話を別の方向に逸《そ》らしたい私は、先ほど疑問に思ったことを尋ねることにした。

「ああ、そうだな」

「お願いをしに来たみたいだけど、願いを叶えてあげるって感じじゃなかったね」

紫月はあの人間に、「もっと普段の行いを頑張りなさいよ」というようなことを言っていた。

神様なんだから、神社を出たらぶつかった人と運命の出会い……みたいなことくらいできそうなのに。

「俺たちはただやみくもに願いを叶えるようなことはしないよ。人間のためにならないからな。その願いが叶うような、努力の道筋を導いてあげるだけだ。先ほどの俺の言葉もあの男性にそのまま聞こえているわけではないが、心の奥深くに伝わっているのだよ」

「へえ……」

なるほど、言われてみれば確かにそうだよね。神頼みをしただけで欲しいものが手に入るなんて、虫がよすぎるもの。

それでも、努力が報われるような道しるべを示してくれるのは、先が見えない人間にとってとても嬉しいことだ。

と、納得していた私だったけれど、紫月が少しかがんで私に視線を合わせて、にっこりと毒気のない笑みを浮かべた。

「まあもちろん、陽葵の願いならなんでも叶えてやろう。秒で」

「ぴょ、秒でって。神様がそんなんでいいの……？」

職権乱用もいいところである。

「自分の愛する者を特別扱いできることこそ、神様の特権だろう？」

「……意外に俗物的なんだね」

神様のえらいえこひいき加減に、私は乾いた笑いを浮かべてしまう。

もちろんそんな神様の権利を使っていただくつもりは私にはなかった。

小次郎おじさんがやっていたように、地に足の着いた生活を細々とできれば、私はいいのである。

そのためにはまずはお仕事を見つけなければいけないんだけど……。

「あ、そうそう。陽葵の仕事のことなんだが」

「えっ……！」

まさに今考えていたことを話題にされたので、息を呑《の》む。

「神様って、心を読めたりするの……？」

「参拝客の心は読めるが、他はちゃんと読めるわけではない」

「えー、本当？　だって今ちょうど、私仕事どうしようかなって思ったんだけど」

「愛し合っているから、心が通じ合っているんだな、俺たちは」

「……えーと、それで仕事のことって？」

彼のたわ言へのスルーに慣れつつある私は、仕事の話へと話題を引き戻す。

どうやら紫月が仕事のことを話しだしたのは単なる偶然……らしい。たぶん、そうだといいな。

「自分で言っても虚《むな》しいのだが、人気のない神社だから仕事がなかなかなくってな。千代丸や琥珀も、暇な時間の方が多いくらいだし……。陽葵は何か得意なことはあるか？」

「私は、小次郎おじさんの喫茶店をずっと手伝っていたから。料理ならそれなりにできると思うよ」

「ふむ……料理か。しかし、炊事係ならもう琥珀がいるのだ。他に何かないか、ちょっと考えてみることにしよう。うーん、そうだな……。例えば俺の妻なんてどうだろうか？」

「妻か……」

あまりにもあっさりと職業名のように言われたので、「妻」ってどんな仕事だっけ？と思わず考え込んでしまう私だったけれど。

すぐに紫月の冗談に私は気づく。

「つ、妻って！　何言ってるのもう！」

「何、俺に昼夜くっついているだけでいい簡単なお仕事だ。報酬は俺の愛でどうかな」

単純作業のアルバイト要項のような言い方をされ、思わず紫月にくっついている自分を想像してしまう私。

すると不本意だけど、カーッと頬が熱くなった。たぶん今、確実に私は赤面してしまっている。

「も、もう！　いちいちからかわないでってばっ！」

「はは、俺の見初めた人は初心《うぶ》でかわいいな」

からかわないでと言ったのに、すかさず無視してくる紫月に、もう私は何も言えない。

しかしそれにしても、本当にどうしてこの人は私なんかを妻にしたいのだろうか。

小次郎おじさんの頼みとは言え、お互いのことなんてほとんど知らないというのに。

そんなことを考えていると。

「……あ」

先ほどとは全然別のことで、恥ずかしさにさいなまれた。私のお腹の虫が大きく、その場に響き渡るように鳴ったのだ。

そういえば、昨日の夜は消化のいいお粥を食べただけだ。

朝食の時間もとうに過ぎているほど時間が経ってしまったのだから、体が空腹を訴えても無理はない。

紫月は微笑ましそうに私を見つめた。

「はは。お腹がそれほど大きく鳴るってことは、元気な証拠だな」

「……うう。まあ、元気は元気だけど」

「もうすぐおやつの時間だ」

「え？　おやつ？」

「午前十時と午後三時はおやつの時間だろう？　人間もそうなんじゃないか？」

「ま、まあ……。小さい子はそうかな？」

大人になるとあまりおやつの時間なんて意識しないものだけど……。神様はその辺はちゃんとしているらしい。

なんだかかわいらしいなと思った。何より、お腹がすいている私にとってはありがたい。

食事は人間と同じ感じみたいだったけれど、おやつもそうなのだろうか。何を食べるのだろう。

ここが神社だからか、私はなんとなく和菓子を思い浮かべる。

「よし、では一緒に食べに行くとしよう」

「うん！」

おやつが楽しみになってきた私は、弾んだ声で返事をする。——しかし。

「あまり味には期待できんがな」

「……え？」

曇った笑顔を浮かべて紫月が言った。一体どういうことなのだろう。

この神社の炊事係は琥珀くんだったはず。昨日、彼が作ってくれたお粥はとてもおいしかったのだから、お菓子もそんなにまずくはならないと思うんだけど。

そんなことを考えていたら、紫月がすたすたと歩きだしたので私はそれに続いた。

玄関から屋敷内に入り、食堂らしい畳敷きの大広間へと向かった。

しかし、並べられた脚付き御膳の上には、まだ何も置かれていない。

「どうやらまだできていないようだな。――はあ。今日も焦げ焦げの団子か、水っぽい洋菓子か……」

部屋の様子を見て、ため息交じりに紫月が言う。言葉の内容から察すると、本当におやつの味には期待できそうもない。

小次郎おじさんからお菓子作りの手ほどきを受けた私は、気になって仕方がない。

「あ、あの。キッチン……炊事場はどこ？　私、様子を見に行っていい？」

「ああ、いいだろう。俺が案内しよう」

紫月に連れられて来た炊事場は広間のすぐ近くだった。お鍋に向かって、首を傾げている琥珀くんがいた。

「紫月さま、陽葵さま。申し訳ありません、もうすぐ完成しますので」

　相変わらず淡々とした声音だったけれど、どこか申し訳なさそうに琥珀くんが言う。

　眉をひそめた彼の表情からは、おやつの出来があまりうまくいっていないことが察せられる。

「何を作っているの？」

「……黒ごまプリンです。紫月さまの好物なので」

「まあ……好物は好物だが」

　紫月が引きつった笑みを浮かべて言った。

　やっぱり、琥珀くんはお菓子作りがうまくないらしい。今までのお菓子の出来もそんなによくなかったらしいことが、紫月の表情からうかがえた。

「琥珀くん、昨日のお粥はおいしかったのに。お菓子を作るのは、苦手なの？」

「……面目ないです。しかし、私たちは人間とは違いますので」

「えっ。どういうこと？」

「俺たちは人間のように緻密に生きていないんだ。寿命も長いしな。日々をのんびりと、風や太陽の光を感じながら、まったりと過ごしているから」

　琥珀くんの言葉の意味がいまいち理解できなかった私だったが、紫月の説明によってなんとなくわかった。

「あ！　だから、家庭料理は作れるけど、お菓子は無理……ってことか」

「……はい」

「さすが俺の愛する妻だ。物わかりがいい。いや、天才だ」

　これしきのことで私をべた褒めしまくる紫月のことはおいといて。

　家庭料理は、材料や調味料の分量をきちんと測らなくても、慣れてしまえばぱぱっとおいしく作ることができる。

　しかし、お菓子をおいしく作るためには、一グラム単位の誤差にも気をつけなければならない。たったそれだけの違いで、味や食感は大きく左右されてしまう。火をかける時間や温度も少し間違えるだけで全然味が変わってしまうのだ。

「特に琥珀は、神の眷属《けんぞく》の中でも適当な方でなあ。掃除や洗濯は苦手だし、朝餉《あさげ》の味噌汁のしょっぱさも毎日違うくらいだ。まあ、薄くても濃くてもうまいのだが」

「面目ありません」

　紫月はそれほど気にしてはいないような口ぶりだったけれど、琥珀くんは視線を床下に落としながら、覇気のない声で言う。

　冷静沈着そうな男の子だって思っていたけど、意外に大雑把なところもあるんだなあ。

　でもそんなところが人間臭く思えて、親近感が湧いた。

しかし、炊事係の琥珀くんがお菓子作りが苦手となると。この神社に今、おいしいお菓子の作り手がいないということでは？

「あの。それなら代わりに私がプリンを作ろうかな？」

「いえ。陽葵さまの手を煩わせるわけには」

私の提案を丁寧に退ける琥珀くんだったけれど、私はにっこりと彼に向かって微笑む。

「ううん、いいの。私、お菓子作るの結構得意なんだ。小次郎おじさんには負けるけどね。ね、いいでしょ紫月？」

「愛する陽葵の手作りお菓子……。最高じゃないか。甘酸っぱい青春の匂いがする状況だな。是非やってくれたまえ。とりあえず、俺と陽葵と琥珀、三人分を頼む」

「よ、よくわからないけど。ＯＫってことみたいだから、始めるね」

というわけで、私は早速黒ごまプリンを作り始めた。黒ごまプリンは小次郎おじさんの喫茶店のメニューにもあったので、作り方はばっちり覚えている。

計量カップやら秤《はかり》は、調理台の隅にちゃんとあった。しかし、使われている気配がまったくなく、私は苦笑を浮かべた。

まず、粉ゼラチンを器に入れて、水でふやかしておく。その間に、黒練りごまを八十グラムきっちり量り、泡だて器を使って練り混ぜ、ごまの香りが立ってきたら、そこに砂糖を八十グラム入れてさらに滑らかになるまで混ぜる。

　それから小鍋に牛乳を二百五十CC入れて弱火で温め、ゼラチンを溶かしてから、黒ごまを練ったボウルに少しずつ入れて混ぜていく。

「手際がいいな、陽葵」

「……素晴らしい」

　私の手元を見て、感心したように言うふたり。照れ臭くなった私は「ひ、久しぶりに作ったから失敗しないといいんだけど」と謙遜する。

　プリンを滑らかにするためには、こし器を使ってしっかりこすのが大切だ。プリンの液をしっかりとこした後、氷水につけてとろみがつくまで混ぜる。

　そして、黒ごまプリンに似つかわしい焼き物の器に、三等分になるように流し入れた。そこで私は、「あ」と重大なことに気づく。

「ご、ごめん紫月に琥珀くん。この後、冷蔵庫で三時間くらい冷やさなきゃいけないんだけど……。三時のおやつには出せそうかなあ」

　プリンは冷やさなければ食べられないことを失念していた。意気揚々と作り始めたのに、なんだか恥ずかしくなってしまった。――しかし。

「ああ、なんだ。そんなことか。そういうことなら、俺に任せてくれ」

「え？」

「時間のかかる冷却は、神の力を使えば一瞬で済むのです。煮込みも実際の火を使えば時間がかかってしまいますが、神通力なら瞬きする間に終わります。私もその力なら持っているので、毎回料理のときには使っております」

「え！　そんなことができるの？　すごい！」

私は感嘆の声を上げる。しかし、よく考えてみれば琥珀くんも、プリンを作っている途中だったのだ。

冷やす時間がなければ、十時のおやつに十分間に合うはずだ。

「うむ。それでは冷やそう」

紫月がそう言うと、プリンが淡い光に包まれ始めた。冷たい風を肌が少しだけ感じる。プリンが彼の力によって冷やされているらしい。

「よし。三時間、冬の気温にさらしたぞ」

「すごい……。本当に一瞬なんだね」

ものの数秒で、プリンの冷却は終わったらしかった。器の外側を持つと、手がしびれるほど冷たい。確かに、中までしっかりと冷えていそうだ。

「では早速食べましょうか！」

私は三つのプリンをお盆に載せて、先ほど入った大広間へ持っていく。

ふと、他の人の分は大丈夫なのかと紫月に尋ねたが、できあがった料理が眼前にあれば、彼の力によって無限に増殖できるから問題ないのだとか。

え、それってすごくない？　材料費も手間も少ししかかからないじゃない。喫茶店で使ってもらえたら、利益がすごく増えそう……などと思わず考えてしまう私であった。

「琥珀が作ったものとは、もう見た目からして違うな」

「本当ですね」

黒ごまプリンの表面を見ながら、紫月が感心したように言う。琥珀くんを貶めたわけではなく、素直な感想のような口ぶりだった。

琥珀くんも少しも傷ついた様子もなく、目を見開いてプリンを凝視していた。

『いただきます！』

私たちは声をそろえてそう言うと、木のスプーンで黒ごまプリンをすくい、口に運んだ。――すると。

「……うまい！」

「こんなにおいしく家庭でできるとは……」

「い、いやー。小次郎おじさんはもっとおいしく作れるんだよ」

ふたりに褒めちぎられて謙遜する私だったが、自分でもおいしくできたと思った。

小次郎おじさんに教えられた通りの分量と手順をきっちり守ったおかげだろうけれど。

「これからも、琥珀の代わりに陽葵におやつを作ってもらった方がいいんじゃないか？」

プリンをあっという間に完食してしまった紫月が、琥珀くんをからかうように言う。

するとと琥珀くんは私のことをじっと見つめてきた。相変わらず無表情で何を考えているかはよくわからない。

ひょっとすると、炊事係としてのプライドを私が傷つけてしまったのだろうか。

千代丸くんと違って、琥珀くんは私の存在を手放しで受け入れているわけではなさそうだし……。

そう思った私だったけれど。

「私の能力不足でご迷惑をおかけし面目ございません、陽葵さま。しかしこれほどの腕をお持ちとは……。素晴らしいお味に、感服いたしました」

そう言った琥珀くんの言葉はいつもよりもどこか柔らかかった。また、私を見つめる目は大きく見開かれており、瞳にはキラキラとした光が宿っている。

好意的な声と視線。だが、相変わらず表情は無機的なものに見える。

もしかして琥珀くんは、あまり自分の感情を表に出さない人なのかもしれない。

別に初めから、私の存在を好意的に見ていてくれたのかも——と、私は彼の今の態度から思った。

「え、あ……ありがとう。迷惑だなんてことは全然ないの。作るの、楽しかったしね」

「お優しい言葉、救われるばかりです。……しかしさすがに私の代わりに、おやつを陽葵さまに作っていただくわけにはいきません」

「ええ？　私のことなら心配しないで。お菓子作るの大好きだから」

他にやることもなさそうだし、毎日午前十時と午後三時に合わせてお菓子作りをするなんて、考えただけでも楽しそうだ。

すると突然、琥珀くんが私に接近してきたかと思うと、いきなり私の両手を自分の両手でがしりと握って、感極まった様子でこう言った。

「左様でございますか!?　これほどまでに素晴らしいお菓子を、今後も作っていただけると!?」

「え、う、うん」

琥珀くんの突然の勢いに、私はたじろぎながらも頷く。

「なんということだ……！　私どもにはとても真似できない、おやつの神のような手さばきを毎日……！」

「そ、そんな。大袈裟だよ」

「大袈裟ではございません！　よろしければ、後学のために陽葵さまがお菓子を作る際はご見学させていただいてもよろしいでしょうか!?」

いいよ、と軽く承諾しようと思った私だったが。

「だめだ！　だめだめ！　絶対だめ！」

紫月が私の手を握っていた琥珀くんを無理やり引き離すと、なぜか怒ったように言った。

「紫月……？」

「そんなこと絶対だめだぞ！　ふたりきりで厨房《ちゅうぼう》に籠もるなど絶対許さぬー！　それに俺の陽葵の手をどさくさに紛れて握るなど……。どういうことだ琥珀！」

琥珀くんをすごい剣幕で責め立てる。

私は、一体なぜいきなり彼がこれほど怒っているのか見当もつかず、目をぱちくりさせることしかできない。

琥珀くんもしばしの間腑《ふ》に落ちないような顔をしていたが、何か思い当たる節があったのか、ポンと、右手の拳で左の手のひらを叩《たた》く。

「……これは失礼いたしました。ですが紫月さまの考えているような邪《よこしま》な気持ちは、私には一切ございません。私はただ、いち料理人として陽葵さまに多大な尊敬の念を抱いただけです」

「それでもだめなものはだめ！　琥珀が陽葵のお菓子作りを見学するときは、俺も必ず同行するからな！」

「はあ、左様でございますか」

「左様だ！　いいよな陽葵!?」

「えっ……。うん、別にいいけど……」

「よし！」

気が済んだのか、ようやく機嫌良さそうに紫月は微笑む。

でも炊事係の琥珀くんはともかく、紫月が私のお菓子作りを見学してもつまらないのではと思った。

本人が見たいというならいいけれど。

「……やれやれ。嫉妬深い主だ」

ぼそりと吐かれた琥珀くんの独り言がかすかに耳に届いた。そこでようやく、紫月の突然の言動の理由について私は理解する。

──琥珀くんへの焼きもちだったっていうこと？

出会ってからずっと、紫月は終始余裕綽々そうに見えていたから、意外に思ったと同時に彼を初めてかわいらしく感じた。

だがこんな些細《ささい》なことでここまで本気で嫉妬されるとなると、ますます紫月の私への愛情に信憑性《しんぴょうせい》が増す。

本当にどうしてこの縁結びの神様は、私にご執心なのだろう。

まあそれはさておき、今後毎日みんなのおやつを作れると思うと、わくわくとした気持ちになった。

毎日、この神社にいるみんなのためにおやつを——。

「あっ！」

そこであることを思いついた私は、思わず声を上げる。

「どうしたんだ陽葵？」

「私の仕事あるじゃない！　ここにいるみんなのためにおやつを作るっていう仕事が！」

炊事係は琥珀くんがいるからということで諦めていたけれど、お菓子を作るのが苦手とあらば、私が打ってつけじゃないかな？

「なるほど……甘味係ということか。確かに、これほどまでのお菓子を作れる陽葵の仕事には、持ってこいだな」

「仕事ですか。ですが陽葵さまを働かせるなど……」

紫月の従者の琥珀くんとしては、その妻を働かせることにはさすがに抵抗があるらしい。

先ほどおやつ作りをしたいと言った私だったが、きっと琥珀くんは私が気が向いたときに作る、くらいに考えていたのだろう。

仕事ということになれば、よほどのことがない限り毎日厨房に立つことになってしまうから、彼の立場としては快く賛成できない気持ちはわかる。

だけど私は、そんな琥珀くんに向かって笑顔で首を横に振る。

「いいのいいの！　私、事情があって仕事を探していたんだから。それに、じっとしているよりは何かしている方が性に合っているから」

実際に結婚するつもりはないし、琥珀くんを始めとする従者のみんなにはあまりかしこまってもらいたくない。

一緒に働いた方が、親しくなれるだろう。

仕事をして早くお金を貯めなくてはいけないし。

「そうなのですか？　陽葵さまがそうおっしゃるのなら。しかし黒ごまプリン本当においしいですね。これが毎日食べられると思うと幸せの極みです」

黒ごまプリンを食べ終わった琥珀くんが、目を細めて言う。そんなに喜んでくれるのなら、こっちとしても作りがいがある。

紫月はぽんっと膝を一度叩くと、私をまっすぐに見つめて、こう言った。

「よし。それなら決まりだな。陽葵は我が神社の甘味係だ。明日から午前十時と午後三時のおやつ作りを頼む。休みたいときは自由に休んでくれ」

「はいっ！」

紫月の口頭による辞令を受けて、私は元気よく返事をする。

明日から、紫月やその従者のために、おいしいお菓子を私は作る。優しかった小次郎おじさんの味を、彼らに味わってもらおう。

親戚の人たちに家を追い出されそうになったときはどうなることかと思ったけれど、とりあえずしばらくの私の生活の方向性が決まった。

――ねえ、小次郎おじさん。

私、大丈夫そうです。あなたが教えてくれた、お菓子作りのおかげで。

私は小次郎おじさんの優しい笑顔を蘇《よみがえ》らせながら、潮月神社の甘味係としてのこれからの生活について思い描くのだった。

ふたりを繋ぐチョコチップマフィン

「うみゃい。うみゃいなあ！　もうひとつ！」

口いっぱいに塩大福を詰めて、ウニャウニャ言う千代丸くんの姿がなんとも愛らしくて、私はくすりと笑う。ピンと立ったご自慢のしっぽもかわいらしい。

しかしそんな彼の姿を見た琥珀くんが、クールにこう言った。

「こらこら、はしたないぞ千代丸。口の周りにたくさん粉がついている」

「そう言う琥珀も、塩大福はもう三個目のようだが」

紫月が少し意地悪く笑って突っ込みを入れる。琥珀くんは表情こそ変えなかったが、千代丸くんから目を逸らし前方に視線を向けた。

ちなみに紫月も、すでに三つ完食し四つ目に手を伸ばしている。

「陽葵さまの塩大福が絶品すぎまして。つい手が止まらなくなってしまうのです」

「そう？　おいしかったのなら嬉しい！　ありがとうね、いつもたくさん食べてくれて」

三人の豪快な食べっぷりに嬉しくなって私は破顔すると、持っていた塩大福に齧りつく。

うん、皮はもちもちした食感になったし、甘いあんが塩気と絶妙にマッチしている。今日も甘味係の仕事を、上手にこなせたと思う。

ふと空を見上げると、雲ひとつない晴天が眩しかった。秋の匂いのする風が清々しい。

私たち四人は縁側に座り、庭木が風に靡《なび》くのを眺めながら、おやつを堪能していたのだった。

――私が潮月神社で暮らすようになって、すでに二週間。甘味係の仕事にもだいぶ慣れ、日々のルーティンも定まってきた。

朝起きて身支度をし、琥珀くんの作る朝食を味わった後、参拝客のお願いを聞く紫月に付き合う。その後午前十時のおやつを作り、片づけをした後は昼食。

午後も、三時のおやつ作りの合間に紫月の仕事ぶりを眺めて過ごし、夕飯の後入浴。そして紫月や千代丸くん、琥珀くんとまったりと過ごした後、就寝。

他にも紫月の従者はたくさんいるけれど、みんな私にとてもよくしてくれている。でも、湯あみのお手伝いをしますとか、お着替えをいたしますなどという申し出はお断りしている。

お風呂は自分のペースで体を洗いたいし、着替えなんて手伝ってもらうほど大変じゃないし……。

位の高い人がそういうことを下々の者にさせるのは人間社会でもよくあることだけれど、私は別に自分が偉いとは思っていないので、そういったことを他人にさせるのは、くすぐったくなってしまう。

さて。明日は何を作ろうかな。まだまだ暑いし、ぜんざいなんかいいかも。それともチーズケーキかな？　まだここでは作っていないし。

——などと、頭の中のレシピ帳のページをめくっていると。

「……おや。どうやら参拝客が来たようだ。ちょっと俺は行ってくる」

そう言うと、紫月は立ち上がって草履を履き、すたすたと歩きだした。

「行ってらっしゃいませ」

「行ってらっしゃーい！」

「私も行く！」

まだ塩大福を味わっている琥珀くんと千代丸くんは軽く挨拶するだけだったが、私は彼の後を慌ててついていく。

参拝客がご神体の前でお願いをして、紫月がその道しるべを示す光景を見るのは、私にとってはとても興味深かった。

神にすがりたくなるほどの強い願いと、それを叶えるための道しるべを提示する紫月。

なんだか他人の人生を少し垣間見られる気がするのだ。強面《こわもて》の男性が家族思いの優しい人間だったり、不良少年が一途《いちず》に恋をしているのを見ると、私にとっては通りすがりでしかない人にも、それぞれにそれぞれの人生があるんだなと思わされてしまう。

まあ、穏和そうな美人が、恋敵を陥れたいと願ったときは、ちょっとびっくりしてしまったけれど。

ちなみに、紫月は他人を不幸にする願いや私利私欲に満ちた願いに、道を示すことはしなかった。

「そういうのは、願いではなく呪いの範疇《はんちゅう》だからね」と軽く笑っていた。

紫月は、人間に努力の道筋を提示して、その手に願いを掴《つか》ませようとしている。彼の示す道は、私の中の道徳と限りなく近しい内容だった。

この前見たような、出会いが欲しいと言った男性にもっと仕事を頑張れと示したり、恋を叶えたいと願った少年には人に優しくしなさいと導いたり。

だから私は、紫月が人間の願いを聞く場面が、とても好きだった。

紫月の後を追って境内に着くと、そこにはすでに参拝客がいた。

高齢の男性で、恐らく八十代だろう。身なりにはとても気を使っているようで、シャツもズボンもしわがなくきっちりと着こなしている。清潔感のある、穏和そうなおじいさんだった。

「……お願いします。妻ともう一度だけ……もう一度だけでいいんです。昔のように話をさせてください」

必死に懇願する様子に、目頭が熱くなる。彼の奥さんは、もう亡くなってしまったんだろうか。

「妻は私のことを忘れてしまいました。私を見ても『どなたですか』と……。私はおしゃべりな妻と話すのが大好きでした。とても楽しかった。……お願いです、もう一度だけ」

どうやら、亡くなってはいないようだった。しかし話の内容からすると、彼の奥さんは高齢によって記憶が覚束《おぼつか》なくなってしまっているらしかった。

大好きな人が近くにいるのに、忘れられてしまった自分。高齢の夫婦にとっては、珍しいことではないのかもしれない。

でも十代の私が実際にそういった人たちを見るのは初めてで、ひどく切ない気分にさせられた。

だけど、人間が加齢とともに病気になってしまうのは仕方のないことだ。これは、このおじいさんの頑張りだけでなんとかなることではないように思えた。

紫月はどういう道を示すのだろう？　お願い、叶えてほしいなあ。

――しかし。

「……」

紫月は男性に何も示さなかった。彼は肩を落としたまま、私たちに背を向けてトボトボと神社から去っていく。

「どうして何も言わないの……？」

どこか遠い目をして、小さくなった男性の背中を見据える紫月に向かって私は言う。

「……残念だが、彼の妻はもう寿命が近い。自然の流れまでは、変えられない。それに今、彼に道しるべを示しても間に合わないだろう」

「そんな……！」

仕方のないという紫月の口ぶりに、私はショックを受けてしまう。

おじいさんが必死に懇願していたというのに。ただ一度だけ、自分の妻と話したいという、純粋な願いだというのに。

寿命が人間の頑張りや医学でなんとかなるものではないことは、私だってわかっている。

だけど、だからこそ。だからこそ、どうしようもないこんなときだからこそ、神頼みをするしかないんじゃないの？

「……諦めないでよ」

「陽葵？」

「もうあの人は、神様にすがるしかないの。そう簡単に諦めて欲しくないっ。私……私にできることは何かないか、あの人に話を聞いてくる！」

感極まった私は、そう言い切って走る。さっきのおじいさんの背中を追って。

「待て！　陽葵！　ここから出るな！」

背後から、紫月のそんな声が聞こえてきたけれど、私はそれに答えずに足を速める。

「ひ、陽葵さま!?　どちらへ!?　外は危険です！」

神社の鳥居付近を清掃していたオオカミ耳の従者が、全速力で走る私に驚いたように言った。──しかし。

「ちょっとお出かけ！　そんなに遠くには行きません！」

私はそれだけ言うと、迷わずに鳥居をくぐる。

するとくぐった瞬間、従者の姿は消え、ピカピカで艶のあった鳥居はみすぼらしく色の剥げた門に成り下がった。

鳥居をくぐったから、紫月の力が消えて私も普通の人間になってしまったということか。

そういえば、紫月にここに連れられてから神社の敷地を出るのは初めてだ。

でも、紫月もオオカミ耳の従者さんも、「出るな」とか「危険です」って、一体なんなのだろう。

だって私、少し前まで普通に鳥居の外で暮らしていたんだから。こんな治安のいい田舎町、何も危ないことなんてないはずだけど……。

少し気になったけれど、とりあえずおじいさんに会わなくてはと思った私は、彼の姿を探して走り続けた。

しばらく神社の周りをうろついていたら、おじいさんの姿を見つけた。

彼は、車いすに妻を乗せて散歩させていた。

「風が気持ちいいね、貴子《たかこ》」「涼しくなってきたね、もう秋だね」なんて、彼は一生懸命伴侶に話しかけていた。

しかし、車いすに乗っている彼の妻は、あまり彼の問いかけには反応していない。たまにしゃべっても「ありがとうねえ、看護師さん」なんて言っていて、やはりおじいさんのことは覚えていないようだった。

勢いで飛び出してきちゃったけれど、私にできることってあるのかな……。よく考えたら、私みたいな小娘が、何かできるわけないよね……。紫月の言う通りなのかもしれない。

――いや。でもあんなに必死に祈っていたおじいさんのお願いを、簡単に投げ捨てたくはない。

などと思っていたら、車いすの車輪が側溝にはまってしまった。

おじいさんは必死に車いすを持ち上げようとしたが、老人の力では難しいようだった。

「大丈夫ですか⁉」

気づいたら私は、おじいさんの前に出ていた。ふたりがかりなら、きっとなんとかなるはずだ。

そして私はおじいさんと協力して車いすを持ち上げ、はまった側溝から無事に抜け出させることができた。

おばあさんは自分の身に何が起こっているか理解していないらしく、空をぼんやりと眺めている。

顔にはしわが幾重にも刻まれているが、つぶらな瞳に形のよい小さな唇から、若いときは大層美しい人だったことが想像できた。

きちんと整えられてひとつに結わえられている髪の毛に、おじいさんの深い愛を感じる。

「ありがとう、お嬢さん。ひとりだったら持ち上げられなかったよ」

おじいさんは、私に向かって朗らかに微笑む。

「いえ……。お散歩ですか？」

「ああ。家の中に閉じ込めておくのは、かわいそうだからね」

「そうなんですか……。車いすを押してのお散歩は、大変そうですね」

何て言ったらいいかわからず、無難なことしか言葉に出せない。こんなんでこの人の力になれるわけないのに。自分の傲慢さが、恥ずかしくなる。

――しかし。

「妻は認知症でね。私のことをヘルパーや看護師だと思っているようだ。……息子だったり、父親だったりという場合もあるけれど」

おじいさんは、悲しげに微笑みながら身の上を語りだした。誰かに聞いてほしかったんだろうか。私は黙って耳を傾けることにする。

「少し前までは一緒に旅行に行ったり、家でテレビを見たり、他愛もないことで笑い合えたりしたのだがね……。今では身の回りのこともほとんどできなくなってしまった。それなのに家では台所に立って覚束ない手で料理を始めようとするから、危なくって目が離せないんだよ」

「……そうなんですね」

「もう一度、私のことを思い出してくれないだろうか」

じっと愛する伴侶を見つめて、静かにおじいさんは言った。しかしおばあさんは、無表情で虚空を眺めるだけだった。

するとおじいさんは、ハッとしたような顔をして、私に微笑みかける。

「すまないね。通りすがりの若い君に、こんな暗い話をしてしまって」

「――いえ」

「今日は本当にありがとう。助かったよ」

そう言って、車いすを再び押し始めるおじいさん。私は彼に向かって励ましになるようなことを言おうとしたけれど、何も思いつかず口を引き結ぶ。

やっぱり私みたいな小娘がなんとかできるような、簡単な話じゃないんだ。……紫月の言う通りだ。

人間には抗えない老化、寿命がある。頑張ってもどうすることもできないことが、あるのかもしれない。

でも本当に、何もできないのかな……。

遠ざかっていく車いすをぼんやりと眺めながら、悲しい気持ちになっていた——そのときだった。

「……っ！」

急に呼吸が苦しくなり、私は声にならない声を上げた。何者かによって、背後からきつく首が絞められている。

——何⁉　急に一体なんなの⁉

足をばたつかせたり、手を振り回したりして必死に抵抗する。しかし、私の首を絞め上げる力はどんどん強くなっていくばかり。

だんだん意識が朦朧《もうろう》としてきた。視界も黒ずんでくる。

「夜羽《やわ》さまのために……。紫月の嫁は必ず奪う……」

おどろおどろしい声が、耳元で響いた。

――夜羽って誰のこと……？　なんなの。私、このまま死ぬの……？

しかし、私が自分の命を諦めかけた、まさにそのときだった。

「貴様……！　陽葵に何をするっ！」

いつも涼しげにしゃべるあの人の、珍しく狼狽《ろうばい》した声が聞こえてきた。その直後に、首の拘束が解かれて私は地面に膝をつく。

ごほっごほっと、へたりせき込みながらも、必死に呼吸する。だんだんと、薄れかけていた意識がはっきりとしてきた。

その間ずっと、背中を優しくさすってくれる手の感触を感じていた。

胸の苦しさが幾分が落ち着いた後、私は顔を上げた。紫月が悲痛な顔をして、私を見ている。

「大丈夫か……？　陽葵！」

「な、なんとか……」

首を絞められていたのはごく短い時間であったためか、これ以上体への影響はなさそうだった。

しかし、一体なんで私は何かに襲われたのだろう？　夜羽さまだかなんだかって言っていたけれど、そんな名前知らないし……。

そう思った私だったが、少し離れた虚空に黒い人の形の靄《もや》のようなものが浮かんでいるのが見えて、息を呑む。

「なんなの、あれ……」

かすれた声を上げてしまう。あれが、私を襲った奴《やつ》なのかな?

紫月は、黒い靄の方を眉をひそめて睨《にら》みつけていた。

「……やはり陽葵を狙いに来たか」

「え？　やはりって……」

「夜羽さまのご命令のままに……。必ずや、必ずや」

低くくぐもった声が黒い靄から聞こえたかと思ったら、それは空中に霧散してしまった。

「紫月……。一体あれは何なの？　私、なんで狙われたの？　夜羽って、誰のこと……？」

彼の口ぶりからすると、あの黒い靄について何らかの心当たりがあるように思えた。

それに、神社を飛び出した瞬間、彼もオオカミ耳の従者さんも、私に「出るな」とか「危険です」と言っていた。

今の私は、神社の敷地から出ると危険にさらされるような状況にあるってことなんだろうか？

「おいおい話そうとは思っていたのだ。まさか君がいきなり飛び出してしまうとは、思っていなくて」

「ご、ごめんなさい……」

確かに感情的になって唐突な行動に走ってしまったと思う。私は素直に反省した。

すると紫月は、困ったように笑って私の頭を軽く撫でる。「仕方ないなあ」とでも言いたげな、温かい表情と、優しい手の感触。不覚にも、心臓が大きく鼓動してしまった。

「まあ助けることができたからいい。こちらこそ、怖い思いをさせてすまなかったな。あの下っ端妖怪が言っていた夜羽とは、この辺一帯の山の神だ」

「山の神？」

この地域には、潮月神社のある海岸とは反対側に標高数百メートル級の山々が連なっている。

山の近くの道路には動物注意の道路標識が立てられていたり、山菜やきのこが自生していたりと、自然豊かな山だ。

「海の神である俺と、山の神である夜羽。以前はそれなりに仲よくやっていたのだが、事情があってあいつは俺を恨んでいてな。俺が結婚して幸せになることが許せないのだろう。予想はできていたから、陽葵を神社から出したくなかったのだ」

「じゃあ、神社から出なければ私は狙われないってこと？」

紫月と夜羽さんの仲が悪くなった事情とやらも気になったけれど、自分の身が危険にさらされているらしいので、まずはその点を確認したかった。

「そうだ。あそこならば、俺の結界が張ってあるからな。部外者は絶対に侵入できないのだ」

「そうだったんだ……」

オオカミ耳の従者さんもその事情を知っていたから、私が外に出ようとしたときに止めたってわけらしい。

あれ、でもそうすると紫月ともし本当に結婚してしまったら、私はずっとその夜羽さんに狙われ続けるってことなのでは？

婚約者とのたまっている今の段階でも襲われたのだ。一刻も早く、対外的に婚約を解消して彼の元から去った方がいいような……。

と思った私だったけれど、紫月の元を去ったところで行くあても先立つものもない。

小次郎おじさんの家は、あの親戚たちに好きなようにされているだろうし。

やはり、潮月神社で仕事をしてひとりだちできる準備をした方が、今後のことを考えると最善だろう。

そう結論付けた後、紫月に助けてもらったお礼を言っていなかったことを思い出して、ハッとする。

「紫月……。ありがとう。私が話も聞かずに勝手に飛び出したのに、助けに来てくれて」

そう言うと、紫月は穏やかな笑みを浮かべた。

「なに。愛する婚約者を助けるのは当たり前のことだろう？」

歯の浮くようなセリフを、相変わらず平然と言う。気恥ずかしくなって、思わず私は俯いてしまう。

本当に、なんでこの人は私のことを愛しているのだろう。こちらとしてはまったく心当たりがないというのに。

「それはさておき。君に言われたことを、俺はずっと考えていたのだ」

「え……？　もしかして、参拝に来たおじいさんのこと？」

「そうだ。なんで陽葵があそこまで彼に感情移入するのか疑問だったが、人間とは感覚が違うことを忘れていたよ。申し訳なかったな、あの老人の願いをなおざりにしてしまって」

「感覚が違う？　どういうこと？」

紫月の言わんとしていることがわからなくて尋ねると、彼は丁寧にこう説明してくれた。

生物は輪廻転生《りんねてんしょう》をして、現世での命がなくなっても、天国でしばらく過ごした後、来世で新しく生まれ変わることができる。

そのことを知らないのは人間だけで、神やあやかし、動物たちも、自然にそれを受け入れているのだそう。

だから、人間以外の生物はそのときの命にすがりついて何かを達成しなければならないという思いは薄く、日々をあるがままに生きている。

神である紫月も例に漏れずそのような考えで、おじいさんも彼の妻ももう残りわずかな寿命なのだから、来世でまた出会えればよいのではないかと思ってしまったのだそうだ。

「人間はそのときの命をとことん大切にし、悔いの残らないように人生を全うする種族だということを、つい失念していたよ。神として、参拝客の思いを汲まなかったことは不本意だ。だから、俺もあの老人の願いが叶うように協力しよう」

「ほんと!?」

嬉しくなった私は、瞳を輝かせる。

あのおじいさんの切なる願いを叶えることを、神様の紫月が手伝ってくれるなんて。

こんなに頼もしい味方はいないだろう。

――しかし。

「……とは言ったものの、もうあの老人には時間がない。今さら俺が導きを示しても間に合わないだろう」

「え？　そうなの？」

ではどうするのだろう？

紫月は罰が悪そうに笑う。

「だから今回はまあ……。直接手を貸すしかないだろう。私と陽葵で」

「あ……そうなんだね」

神様の力が使えない紫月は、人間の私と何ら変わらないってことか。ちょっと拍子抜けした気分になったけれど、私ひとりで悩むよりは百倍マシだ。

「でも手を貸すって、一体どんなことをしたらいいんだろう」

おばあさんの病の進行を止めることは不可能だろう。いくら神様だって、人間の本来の寿命までは干渉できないだろうし。

「そのことなのだが、神通力で少しふたりの様子を探ったら、妻がたまにはっきりと言葉をしゃべるときがあるのだ」

「え、どんなことを？」

「それが、小麦粉はきちんとふるうだとか、湯せんの温度は何度だとか、オーブンは予熱をしないとだとか……」

「えっ？」

「俺にはよくわからないのだが、ひょっとするとこれはお菓子作りに関することではないのか？」

「うん！　絶対そうだと思う」

家庭での食事作りで、小麦粉をしっかりとふるいにかけたり、湯せんをしたりすることは滅多にないはずだ。

「やはりか。それならば、陽葵の得意なお菓子作りで、あの老人の役に立つことができるかもしれないな」

「そうだね！」

おじいさんの手助けになれるかどうかはまだはっきりとはわからない。

だけど、おばあさんが病気になる前にお菓子作りを頻繁に行っていたとしたら、私がそれに関する話をすることで何らかの刺激を与えられるかもしれない。

紫月のおかげで、一筋の光明が差したように思えた。

「今日はもうじき夕方になってしまう。神通力で見たところ、あの老人とその妻はもう休む準備に入っているな。だから明日、彼らの元へと一緒に行こう。夜羽の刺客も、俺が一緒なら襲いかかってくることもない」

「うん！」

参拝客の少ない神社とはいえ、神様は何人ものお願い事を聞いて道を示していかなくてはならない大変なお仕事だと思う。

ここ二週間、彼と一緒にいた私は知っていた。

だからきっと、神社から出て私と一緒におじいさんのところへ行って、神の力を使わずに願いを叶える手伝いをするなんて、きっと彼にとって面倒なことだろうと思う。

だけど紫月は「明日行こう」と、さらりと誘ってくれた。私からお願いしたわけではないのに、彼の方から。

私の気持ちを紫月が汲んでくれた気がして、とても嬉しかった。

次の日。朝食を摂り終えて朝の参拝客のお願い事を聞いた後、私と紫月は約束通りあのおじいさんの家へと向かった。

自宅は紫月の神の力による千里眼にて確認済みだ。

ちなみに今日の午前中のおやつ作りはお休みすることにした。そう告げると千代丸くんは「えー……。食べたかったなあ～」としっぽをしなしなと寝かせ、琥珀くんも「左様でございますか。残念です」と真顔で言った。

そこまで求められていたとは知らなくて、嬉しかった。

「……あのさ。いきなり訪問したらあやしまれないかな?」

おじいさんの家の前に着いてインターホンを押そうとした私だったけれど、ふと疑問に思ってその指を止める。

昨日、私は少し話したとはいえ名前も知らない者同士だったし……。自宅の場所を本人から聞いたわけでもない。

そんな私が、金髪の人間離れした美形を連れていきなりやってきては、おじいさんもびっくりするのではないだろうか。

「そういうものか? でも俺が何の前触れもなく陽葵の庭に入ったときは、歓迎してくれたではないか」

「あ、あれは、その……。なんとなくっていうか……」

紫月があまりにもかっこよすぎて、見惚れているうちに受け入れてしまっただなんて言えず、歯切れの悪い答えをしてしまう。

「なるほど。俺の愛が伝わり家にあげてくれたというわけか」

「ち、違います。とにかく、人間って防犯意識が高いの。いきなりお伺いしても、びっくりしちゃうんじゃないかと思うんだ」

「そうなのか? 人間とは面倒なものだな。あ、陽葵はまったく面倒ではないが」

「そ、そう……」

そんなことを紫月と話しているときだった。

ガッシャーンと、何かが割れるようなけたたましい音が、おじいさんの家から響いてきた。内容はよく聞き取れなかったけれど、女性の悲鳴のような声もかすかに聞こえた。

「……！　な、何かあったのかな!?」

「とりあえず入ってみるか。通りがかりに物音が聞こえて心配になったと言えば、あやしくないのではないか？」

「うん！」

私は玄関のドアノブに手をかける。鍵がかかっていなかったので、そのまま紫月と一緒に家の中に入る。家の奥から「貴子、大丈夫だ、大丈夫」とおじいさんの声が聞こえてきた。

「すみません！　大丈夫ですか？」

大きく声を張り上げながら、奥へと進んでいく私。紫月は私の後についてきた。

おじいさんとおばあさんはキッチンの前の床にいた。転んでしまったおばあさんを、おじいさんが起こそうとしているらしかった。なぜかおばあさんは、製菓用のふるいを持っている。

おじいさんは、私の顔を見て驚いたような顔をする。

「……！　君は、昨日の子だね？」

「はい！　通りすがりに大きな音が聞こえて、何か危険なことがあったのではないかと……。すみません、勝手に入ってしまって」

「いやいや。こんなおいぼれを心配してくれてありがとうね」

「あの、大丈夫でしょうか？」

「ああ。妻が転んでしまったのだが、怪我はしていないようだ。大丈夫だよ」

そうだったんだ。体が弱っている高齢者は、転倒による打撲や骨折が多いと聞いたことがあるけれど。怪我をしていないようなら、よかった。

その後、おじいさん、私、紫月は三人で協力しておばあさんをダイニングテーブルのいすに座らせた。

彼女は「あら、ありがとうねお嬢さん」と私には言ってくれたけど、おじいさんには何も言わず、少し切ない気持ちになった。

「助かりました。ひとりだと、起こすのも大変で……。ありがとうね」

助けてくれたお礼にお茶でも飲んでいってくださいとおじいさんが言ってくれたので、私と紫月は甘えることにした。

まずは、彼から話を聞いた方がいいだろうし。

なんて、真面目に思っていた私だったけれど。

「いやー、しかし。お似合いの若夫婦だね。彼は役者さんか何かかい？　いい男だねえ」

「えっ……！　いや、その……」

意外にお茶目だったおじいさんが、私と紫月のことをからかってきたので戸惑ってしまう。

わ、若夫婦って。周りから見たらそんな風に見えるのかな？　っていうか、私紫月と本当に結婚するつもりはないんだけど……。

すると紫月は満足げに頷きながら、こう言った。

「そうだろう、ご老人。俺と陽葵は愛し合っているからな。あなたと奥方のように、長い時を一緒に過ごしたいものだ」

「ははは！　お熱いねえ。やっぱり若いもんはいいなあ」

楽しそうに話をするふたり。

ちょ、ちょっと！　別に愛し合ってはいませんからっ。私まだ紫月のことよく知らないし……。

まあ今のところ恩はあるし、嫌いではないけれど。好きか嫌いかで言ったら、どちらかというと……好き？

で、でも結婚する気はないんだから！

「わ、私たちのことは別にいいんです。……あの、おじいさん。おばあさんはやっぱり、おじいさんのことをもう忘れてしまっているのですか？」

紫月と盛り上がって朗らかに笑っていたおじいさんだったけれど、私の言葉によって笑みに陰りができた。

そんな顔をさせてしまって心がチクリと痛んだけれど、彼のお願いを叶えるためには聞いておかなければならない。

「……ああ。ここ二か月くらいはまったくだ。その前までは、ときどき思い出してくれたのだが。病が進行してしまったようで……」

「そうなんですね……」

「まあ、私も妻も老い先短いのでね。仕方のないことなのだよ」

そう言ったおじいさんだったけれど、無理して自分を納得させようとしているようにも感じた。

長い間連れ添った夫婦。一度だけでもいいから自分のことを思い出してほしいという切実な願いを、やっぱりどうにか叶えてあげたい。

「バターを入れるのよ。甘いのが苦手だもの。チョコチップはビターにしなきゃ、だめ」

不意におばあさんが、はっきりとそう言った。私が聞いた中で一番明瞭に聞き取れる言葉だった。

昨日紫月が言っていた通りだ。これは明らかに、お菓子作りに関することをおばあさんは話している。

さまざまな記憶が薄れてきているにも関わらず、これだけ明瞭な言葉で話すなんて。きっと彼女にとって、お菓子作りが身近だったことは間違いない。

私はふと、先ほどのおばあさんの様子を思い出した。

「転んでいたときのおばあさん、製菓用のふるいを持っていましたよね」

もしかしてキッチンで何かを作ろうとしていたのではないだろうか。

「ああ、元気だった頃はよく台所に立っていたし、足腰が立たなくなる数か月前までは、たまに料理をしていたからね。最近も料理をしたがるのだが、手順を忘れてしまったみたいでうまく作れないんだ……。私は料理はからっきしだから、妻が何を作ろうとしているのかは、まるでわからないんだがね」

「ちょっとキッチンを見せてもらってもいいですか？」

おじいさんが了承してくれたので、私はキッチンを調べることにした。紫月も興味深そうに、私の様子を背後から眺めている。

鍋やフライパンなど、どこの家庭でもある調理器具はもちろんそろっていた。しかしそれに加えて、ケーキの型や高性能の電動泡だて器、クッキー型など、お菓子作りに必要な物も一通りそろえられていた。

思った通り、おばあさんはお菓子作りが趣味だったらしい。先ほどの本人の言葉にあった「バター」「ビター味のチョコチップ」だって、お菓子にはよく使われる材料だ。

キッチンの小さな引き出しを開けると、紙のカップケーキ型が大量に入っていた。日常的に頻繁にお菓子を作っていたのだろう。

——待てよ。

バターにビターチョコ、そしてカップケーキの型……。

「もしかして……。奥さまはチョコチップマフィンをよく作っていませんでしたか?」

おばあさんが言った材料とカップケーキの型の個数から想像すれば、それが思い当たった。

「チョコ……マフィン……? 申し訳ないけれど、私はお菓子に疎くてねえ。横文字は覚えにくいし」

……はっ! そうだった、おじいさんは料理についてあまり知識がなかったんだった。

「えーと、それなら。おばあさんがよく作っていたお菓子、どんなものでしたか?」

「ああ。丸くてふわっとしたスポンジに、小さいチョコレートが入った小さなケーキをよく焼いていたな。私がチョコレートが甘すぎなくておいしいなと言ったら、毎日のように作ってくれてねえ」

しみじみとおじいさんは言う。きっとおばあさんの味を思い出しているのだろう。しかし、これで私は確信が持てた。

「それですよ！　それがチョコチップマフィンです！」

おばあさんは、おじいさんのことを心のどこかで覚えている。

きっとさっきも、彼の好物であるチョコチップマフィンを作ろうとしてふるいを持っていたんだ。

そう思いついた私に、紫月が感心したようにこう言った。

「ほう、なるほど。では陽葵が作ってみてはどうだ？」

「え？」

「そのチョコチップマフィンとやらを作れば、何か状況が変わるかもしれんぞ。陽葵ならできるだろう？」

確かにマフィンは何回も作ったことがあるから、私が作れないこともない。

だけど私はおばあさんではないし、きっと同じ味にはならないと思う。私が作ったところで、何か変わるのかな？

と、思った私だったけれど。

「……お嬢さん。私からも是非お願いしたい」

おじいさんが、神妙な顔をして言う。

「え？」

「もう一度妻と、昔のようにあの手作りのおいしいお菓子を食べたいのだよ。作れるのなら、是非頼みたい」

ちらりとおばあさんの方を一瞥した後、おじいさんは静かな声で言った。

――私はお菓子を作ることくらいしかできない。おじいさんのお願いを叶える能力なんてきっとない。

でも、今私ができることを求められている。だったらそれをとにかくやるしかない。

「わかりました。作りましょう」

決心して私が言うと、その隣に紫月が立ち、超然とした笑みを浮かべた。

「俺も手伝おう」

「ほんと？　ありがとう！」

お菓子作りは結構力のいる作業だ。手伝いの手があるのなら、その分早く完成させられる。

そういうわけで、おじいさんにはおばあさんの様子を見てもらうことにし、私は紫月と並んでキッチンに立った。

幸い、以前におばあさんが買っていたらしい材料が一通りそろっていた。賞味期限はギリギリだったけれど。しかし、すぐに作り始めることができるのはよかった。

「紫月。まずはこれをよく混ぜてくれる？」

「承知した」

柔らかくしたバターと上白糖を入れたボウルとゴムベラを紫月に手渡す。その間に私は、卵と牛乳を少しずつ混ぜることにした。

「丁寧にしっかり混ぜてね。混ぜ具合で味がまったく違うものになってしまうから」

「……なるほど。これは琥珀が苦手とするわけだ。かなり精密さが必要とされる作業なのだな」

紫月は苦笑を浮かべながら言う。

――そうだった。神様やその使いは感覚派だから、お菓子作りのようなきっちりとした作業は苦手なんだっけ。

不得意なことをお願いして申し訳なかったかなあと思った私だったけれど、紫月の手元を見てそんな考えが消える。

「あれ。紫月、上手じゃない……」

紫月は、慎重にゴムベラを動かしていた。ボウルの中のバターと上白糖が、きれいに混ざっていく。

「愛する陽葵のお願いだからな。渾身《こんしん》の力を込めて混ぜている」

「え、えーと……。うん、とにかくありがとう。じゃあ次は薄力粉を百三十グラム量ってくれるかな?」

愛する陽葵とか言われて、いちいちドキドキしてしまうけど、そんなことで集中力を切らしている場合じゃないので軽く受け流して私は次の作業を指示する。

「うむ、承知した」

紫月は私に言われた通り、秤の上にボウルを載せ、量を確かめながら薄力粉をその中に入れていく。

「ふむ……。入れすぎてしまった。なかなかぴったりは難しいな」

「少しずつ出すんだよ。余分な粉はスプーンで袋に戻してね」

「本当に丁寧な作業だな。毎日、こんなことを楽しげにやっている陽葵には、本気で尊敬してしまう」

「そんな、大袈裟だよ~」

私にとってはどれも楽しい作業なので、大袈裟な褒め方に思えた。だけど、彼が認めてくれていることは素直に嬉しい。

なんだか楽しい気分になった。

最近はずっと、ひとりでキッチンに立っていたけれど、小次郎おじさんが存命だった頃はこんな風にふたりで楽しくおしゃべりしながら料理をしていたっけ。

料理に慣れていない紫月が、私の隣に立って少し困ったようにしている姿はどこかかわいらしく思えた。

――すると。

「本当に仲よしだねぇ。私たちの若い頃を思い出すよ」

「えっ！」

キッチンに隣接したダイニングで、おばあさんについていたおじいさんに微笑ましそうにそう言われたので、私は虚を衝《つ》かれてしまう。

「ふっ……。私と陽葵の絆《きずな》はこんなものではないぞ。それはそれは、深い愛で結ばれているのだ」

「ほうほう、羨ましい限りだねぇ」

なぜか得意げに、私にはまったく心当たりのないことを紫月は言ってのける。おじいさんもニコニコと笑いながら、頷いていた。

「ふ、深い愛って何言ってるの!?」

だいたいまだ出会って二週間じゃないの！

「まあそう照れるな。こうして台所にふたりで立って協力し合うなんて、もう夫婦そのものではないか？」

「え……」

そういえばさっき、この状況がやけに楽しいなあと思ったばかりだ。

小次郎おじさんと一緒に料理しているときも似たような気持ちになったけれど、あのときよりもどこかくすぐったいような、気恥ずかしいような。

もしかして私も、この状況に新婚感を少しだけ抱いてしまったのかも……。いやいや、違うでしょ。私はお金が貯まったらこの人とお別れするんだから。

「と、とにかく！　次はベーキングパウダーを混ぜて、ふるいにかけてください！」

「……ふ。承知した」

紫月のからかいを毅然《きぜん》とスルーしたつもりだったのに、照れ隠しがばれていたのか、彼はおかしそうに私を見てから作業を始めた。

――なんか悔しい気分。でも、不思議とそこまで不快な感情はなかった。

そんな感じで、紫月のよくわからない愛の言葉におじいさんが頷いたり、私が華麗に流したりしながらも、チョコチップマフィンが焼き上がった。

紫月の神通力は、おじいさんに不思議に思われてしまうため今回は使わなかった。

オーブンから出すと、甘く香ばしい香りが部屋中に漂った。

ほんのりと茶色に染まった生地から、チョコチップが見え隠れしている様子に、思わず味の想像をしてしまった私の口内に唾が溜まる。

「おお……。すごいね！　妻が作ってくれていたものに、そっくりだ……！」

おじいさんはまじまじとマフィンを眺めながら、感嘆の声を上げる。上手に焼き上げることができた私は、まずはひと安心だ。

「そうですか？　よかったです。味の方は、おばあさんのものとは違うかもしれませんか……」

彼女のレシピがないので、材料の配分や焼き時間などはどうしても異なってしまっているだろう。

おじいさん好みの味ではないかもしれない。

しかし、彼はゆっくりとかぶりを振った。

「いいんだよ、味の違いなんて。私はこのお菓子を妻と食べる、という状況だけで何よりも嬉しいのだから」

しみじみと、おばあさんの方を見つめながら言った。

本当にこの方は、自分の伴侶を深く愛しているんだなと感じた。きっと、私が生まれるよりも遠い昔から、ずっと。

そんな相手に出会えたことが羨ましく思えた。

しかし、そんな相手に忘却されてしまうことは、どんなに辛《つら》いことなのだろう。

きっと私の想像は遠く及ばない。

「俺の陽葵の作ったものなのだから、味は最高に決まっているさ。とりあえず、みんなで食すとしよう」

紫月にそう言われ、おじいさんに「いつもこのお皿を使っていたんだ」と説明された白いプレートを四つ出し、その上にひとつずつマフィンを載せていく。

また、おばあさんが好きだった紅茶の茶葉が残っていたので、紅茶をティーカップに入れて添えた。

そして四人でダイニングテーブルにつき――。

『いただきます！』

合掌しながら声をそろえて言った。おばあさんは瞬きしながら、マフィンをたぼんやりと見つめていただけだったが。

「やはり……うまい！　サクサクの生地にチョコレートの甘苦さが絶妙に合っているな！」

「本当だ！　おいしいよ、お嬢さん。妻が作ったものとはやはり味は少し違うが、負けず劣らず素晴らしい味だ。お店で売っているお菓子みたいだね！」

「そ、そうですか？　ふたりとも、ありがとう」

褒めちぎられて恐縮してしまった私だったけれど、頑張りが認められたようで素直に嬉しさがこみ上げる。

私もひと口齧ってみた。うん、柔らかさといい、焼き加減といい、我ながらうまくできたと思う。

これならば、他人に召し上がっていただくには申し分ない出来だと思う。

――だけど。

「――貴子」

おばあさんは無反応だった。おじいさんが寂しそうに声をかけるも、ぴくりとも動かない。

彼女に食べてもらわないと、意味がないのに。どうにかして、このチョコチップマフィンを食べてくれないかな……。

私は食べるのをやめて、じっとふたりを見た。すでに食べ終わっていた紫月も、真剣な面持ちで彼らを見つめている。

しばらくの間、おじいさんは無反応のおばあさんに寂しそうな表情をしていた。

――しかし。

「ほら、貴子。おいしいマフィンだ。一緒に食べよう」

マフィンを半分に割って、おばあさんの顔の前に差し出した。優しげに、愛《いと》しそうに彼女を見つめながら。

――すると。

「あら、いい匂い」

虚《うつ》ろだったおばあさんの瞳に、光が宿ったように見えたかと思ったら、彼女ははっきりとそう言ったのだ。

そしておじいさんの手から、すぐにチョコチップマフィンを受け取り、大きく口を開けて齧りついた。

「貴子……！」

おじいさんは、信じがたいというような表情で妻を見つめている。彼女はどこ吹く風で、満足げに微笑みながらマフィンを咀嚼《そしゃく》し、ごくりと飲み込んだ。

「本当ね。おいしいわ」

「そ、そうか！　よかった！」

「あなたは食べないの？」

おばあさんに促されて、「お、おお。そうだな」と慌てておじいさんはそう言うと、豪快にマフィンを齧る。

——すると。

「おいしい？」

おばあさんは、おじいさんに向かってそう尋ねたのだ。柔和な笑みを浮かべながら。

初めて見る彼女のいきいきとした表情だったが、どこかで見覚えがある。

──ああ、そうか。

おじいさんの顔にそっくりなんだ。彼が彼女を見るときの愛しそうな瞳と、まったく同じだったんだ。

「ああ、おいしいよ……」

「そう？　よかったわ。──隆俊《たかとし》さん」

おばあさんにそう言われた次の瞬間、おじいさんの瞳から一筋の涙が零れる。その後は、とめどなく流れ出ていった。

そして泣きながら彼は微笑んで、妻と分かち合ったマフィンを頬張る。ふたりは見つめ合いながら、嬉しそうにそれを食べ続けた。

私と紫月は、そんなふたりを前に、顔を見合わせて無言で微笑み合ったのだった。

「偶然かもしれないけど、おじいさんがおばあさんの名前を呼んでくれてよかった！」

おじいさんの家を出て、紫月と並んで歩き神社への帰路に就く。

あの後、おじいさんには泣きながら何度もお礼を言われた。おばあさんは「どちらさま？」と言いながらも、ニコニコと私たちを見ていた。

でも、私はただ家にあった材料でチョコチップマフィンを作っただけだ。

たまたまおばあさんがおじいさんの記憶を一時的に取り戻すきっかけにはなったか

もしれないけれど、そこまで感謝感激されるようなことをしているつもりはない。

少しはお手伝いになったかもしれないけど、今回のことはふたりが長い間深く愛し合ったゆえの結果なんだと思う。

そう考えていた私だったけれど。

「いや、偶然ではないだろう」

紫月は遠い目をして空を眺めながら、はっきりとそう言った。

夏の余韻のような白い雲と紺碧の空が清々しい。今日は晴天だ。

「え？」

「あのチョコチップマフィンには、君の想いが深く込められていた」

「想い……？」

「そうだ。なんとかご老人の助けになりたいという、情愛の念がな」

確かに、マフィンを作っている最中は「チョコチップマフィンが何かの助けになればいいなあ」とは思っていたけれど。

でも、お菓子を作るときは、食べてくれる人のことを考えながら作業をすることが、私にとっては当たり前のこと。

小次郎おじさんがいつも、「料理は愛を込めて作るんだ。そうすれば、おいしさ百倍だよ」って言っていたから。

だから紫月の言っていることがあまりピンと来なくて、私はきょとんとしてしまった。

「やはり……。俺の目に狂いはなかったな」

「え？」

今度はますますわけのわからないことを言われて、目をぱちくりさせる私。

「君は……陽葵は、俺にとって必要不可欠な存在だ。何よりも大切だ」

やけに真剣な語り口だったから何事かと思っていたら、いつものわけのわからないからかいのバリエーションだったみたいだ。

だけどまっすぐに美しい瞳で見つめられ、そんなことを言われてしまえば、不覚にも胸が高鳴ってしまう。

今までの彼からのからかいで感じた気恥ずかしさとは少し種類が違う気がした。

心の奥底からじんわりと、熱い何かが湧き上がってくるような、不思議な感覚だった。

——しかし。

「というわけで、いい加減結婚しようか俺たち。早く世継ぎも欲しいところだし」

「よ、世継ぎって!?」

いけしゃあしゃあととんでもないことを言ってのける紫月。

その「世継ぎ」を作るための行為を思わずぼんやりと想像してしまい、恥ずかしくて頬が熱くなるのを感じた。

ひ、人がせっかく紫月のかっこよさに純粋にドキドキしていたところだったのに！

まったくこの人はいつも！

「と、とにかく！　もうお昼だよ。早く神社に戻ろうよ」

私は恥ずかしさを隠すように、歩く速度を速めた。紫月は苦笑を浮かべて、私に歩調を合わせた。

「おお、そうだったな。ちょうど腹も減ってきた」

「ええ……。今さっきマフィンを食べたばっかりじゃないの」

「前にも言っただろう、俺は大食漢だと。今日の三時のおやつも楽しみにしてるからな」

「食いしん坊だなあ……。まあいつもおいしそうに食べてくれるのは、嬉しいけどね」

そんなことを話しているうちに、神社の赤茶けた鳥居が見えてきた。

――それにしても。

さっきの不思議な気持ち、なんだったんだろう。紫月が変なことを言ったせいで、すぐに消えてしまったけれど。

気になったけれど、紫月と一緒に鳥居をくぐったら、従者の何人かに「紫月さま！

陽葵さま！　お帰りなさいませ！」と盛大に出迎えられたので、自然と意識の隅に追いやられてしまった。

お母さんのシフォンケーキ

本当に、どうして紫月は私のことをこんなに慮ってくれるのだろう？

小次郎おじさんの知り合いだからといって、ほとんど初対面の私を自分の屋敷に置いて、衣食住を提供してくれて。

結婚すると言われたのにはびっくりしたし、もちろんいまだにそんな気はないし。

私を嫁にしたいという彼の想いを断ってひとりだちすると言ったのにも関わらず、彼は変わらずに私に優しくしてくれる。

それに、先日はおじいさんのお願いを叶える手伝いまでしてくれた。

あのとき勝手に神社から飛び出したのにも関わらず、すぐに追いかけてくれて夜羽さんとかいう仲の悪い神様の使いからも、守ってくれたし。

紫月が私にどうしてここまで寄り添ってくれるのかは考えても考えてもわからない。

直接尋ねても「愛しているからに決まっているじゃないか」なんていう、殺し文句で誤魔化されてしまうし。

だけど紫月はとても心が広く、深い優しさを持っている人だということは、私にもわかってきていた。

——まあ、だからと言って結婚は、ねえ。そもそもいきなりプロポーズって、そんなのあり？

普通こういうのはお付き合いして、時間をかけて愛を育んでから考えるものじゃやない？

なんて、人間の基準をあてはめても仕方のないことかもしれないけど。なんてったって相手は神様だしなあ……。

「陽葵さま、どうしたの～？　ぼんやりとしてるみたいだけど！」

「……！」

左隣に座っていた千代丸くんにそう言われ、自分の意識の中に入り込んでいた私はハッとする。

現在は、毎度お馴染みのおやつの時間だった。

本日は、境内社の段に座り、私、紫月、千代丸くん、琥珀くんで曇り空を眺めながらきなこをまぶしたわらび餅の味を楽しんでいたところだった。

「ううん、なんでもないの。ちょっと考え事」

「何か心配事か？」

笑って千代丸くんにそう言ったのに、右隣に座っていた紫月は心配そうに私を眺めてくる。

私に本当に過保護だよなあ、この人は。なんでこんなに大切にしてくれるのか、さっぱりわからない。

「ち、違うよ。あー……えーと、三時のおやつは何にしようかなって」

「陽葵さまの作るものはなんでもおいしいですが」

「僕はこの前食べたあんみつがいいなあ～！　あ、でも抹茶クッキーも捨てがたいし、三色団子もおいしかったよね！」

誤魔化すために適当なことを言ったのに、琥珀くんと千代丸くんが乗っかってきた。しかも、私のおやつを楽しみにしてくれているような話しぶりに、心が温まる。

「ふたりとも、ありがとう。今日もおいしく作れるように頑張るね」

「うにゃーい！　楽しみだなあ！」

両手を挙げて肉球を見せつけながら喜ぶ千代丸くんがかわいらしい。口元にはたくさんのきなこがついていた。

「あはは。千代丸くん。口にきなこいっぱい」

私が指で口の周りのきなこを払ってあげると、千代丸くんは「わー、恥ずかしいなあ」としっぽを揺らす。

――すると。

「……陽葵！」

「は、はい？」

急に紫月が緊迫した声で名を呼んだので、思わず背筋を伸ばして返事をする私。何事かと、彼の顔を見てみると。

「俺もきなこがついてしまった。取ってくれ」

と、口の端にきなこを不自然につけた状態で、真剣な面持ちで言ってくる。

「は、はあ……？」

「だから、俺にもきなこがついているから。千代丸と同じように陽葵が取ってくれ」

ぽかんとしていると、「紫月さま、嫉妬深くな～い？」「これしきのことで……」と、千代丸くんと琥珀くんがぼそぼそと話す声が聞こえてきた。

「……。これで自分で取ってください」

呆《あき》れた私は、浴衣の袂に仕込んでおいたハンカチを彼に差し出す。この神様は一体何をひとりでやっているんだろう。

すると紫月は、心外だという面持ちになった。

「な、なぜ!? 千代丸にはやってあげてなぜ俺にはやってくれんのだ!?」

「なぜって……。いい大人が何言ってるんですか！」

「千代丸だって見た目は猫だが大人だぞ！」

千代丸くんを指差して私に詰め寄りながら紫月が言う。

「え、そうなの……？」

「は～い！　僕は江戸のときから生きている化け猫だからねっ」

「江戸!?　……でも千代丸くんはかわいいからいいんです！」

「な、何？　千代丸許すまじ……！」

千代丸くんを恨みがましく睨みつける紫月。千代丸くんはヒッと小さく悲鳴を上げて、しっぽをしんなりとさせながら私の陰に隠れる。

「あー、いや……。紫月はほら、かっこいい神様だから、ね？　そういうことは自分でやる大人の魅力、っていうか」

このままでは私のせいで千代丸くんに被害が及びそうだったので、取り繕うように適当なことを私は言う。

するると紫月は、千代丸くんを睨むのを瞬時にやめて、にやりとした笑みを浮かべた。

「かっこいい……。そうか、そうだろう。俺はかっこいいのだ。やっと魅力に気づいたようだな、陽葵」

「えっ。いや、その……」

「かっこいいか……ふふ」

嬉しそうに笑い声を零す紫月。

これしきのことでまさかそこまで喜ばれるなんて。そういえば、紫月にそういうことを言ったのは初めてだったかもしれないけれど。

そんな私に向かって、千代丸くんがからかうように耳打ちする。

「愛されてるね！　陽葵さま」

と、言われましても。

「うーん……」

やっぱりなんで愛されているのか心当たりがまったくないから、しっくりとは来ないのだった。――すると。

「おや」

琥珀くんが境内の方を見据えて声を上げた。声につられて、私も彼と同じ方向に視線を合わせる。

Tシャツにハーフパンツ姿の、小学校低学年くらいの男の子が、ひとりで境内社に向かって歩いていた。

彼の周囲を見渡しても、保護者らしき人の影はない。

小学生が、ひとりで神社に来て参拝？　珍しいなあと思う私。

紫月はすっくと立ち上がり、先ほどのニヤケ顔から打って変わって、神妙な面持ちになって少年を見つめる。

いつも私に変なからかいをしてくる彼だけど、神として人間の願いを聞くときのこの様には、威厳があって思わず見惚れてしまう。

「お願いします。お父さんとお母さんと、一緒にいたいです」

男の子は礼や合掌などをせずに、仁王立ちしたままご神体に向かって言う。幼いから、参拝の作法など知らなくても無理はない。

それにしても、なんて切ない願いなのだろうと思った。

事情があって両親と引き離されているのかな……と、男の子をよく見てみると、私はあることに気づく。

一体どういうことなの？　どうして、この男の子の体は。

ぼんやりと、透けているのだろう。それって、もしかして——。

「この子はもう、この世のものではないのだ」

私の想像を、紫月が肯定した。寂しげに男の子を見つめながら。

男の子は、踵《きびす》を返して境内を歩いていく。その体で、どこへ行くというのだろう。

「つまり、幽霊ってこと……？」

「そういうことだね～」

「この辺の地縛霊となってしまっているようで。たまにああしてここにやってくるのですよ」

「地縛霊？」

怪談話なんかでそんな単語を聞いたことはあるけれど、確かなことはわからない私は、千代丸くんと琥珀くんの話に首を捻《ひね》る。

すると、ふたりはあの男の子の素性について説明をしてくれた。

話によると、男の子は三年前に、この近くの道路で交通事故に遭い、亡くなってしまった。

死者は本来なら四十九日で成仏するが、彼は幼いためか自分が死んでいることを受け入れられず、また両親への未練から成仏できずにいた。

その話を聞いて、私はキュッと心が締めつけられた。

あの男の子と同じように、私も両親を交通事故で失っている。そのときのことを思い起こしてしまった。

三歳の頃だったから、すでに両親の記憶はおぼろげだ。

だけど、いつも当たり前のようにそばにあったお父さんとお母さんの笑顔が、ある日突然消えてしまった。

大人たちがお葬式の準備をしているときに、家族の香りが染みついた家中を走り、ふたりの姿を必死に捜したけれど当然見つからなかった。

そのときに感じた、この世の終わりのような絶望は、今でも鮮明に覚えている。

それからひとり遺された私は、日々寂しくてたまらなかった。だけど小次郎おじさんの温かさに触れて、徐々に元気を取り戻していったんだ。

幼い私は自分の気持ちを落ち着けるのに忙しく、両親の思いについては考えもしなかった。

先に逝ってしまったお父さんやお母さんは、成仏するまで何を思っていたのだろう。

「そんな……。あの子のご両親は？」

「両親は存命で、市内で暮らしている。しかしあの子は、この付近で事故に遭ったため地縛霊になってしまった。自分の足で親に会いにいくことはできないのだ。以前は両親も、よく事故現場に花を手向けに来ていたから、あの子がここにあんなお祈りをすることもなかったのだが」

「最近では来なくなってしまったということ？」

「そうだ。しかし、あの子の両親を見たことがあるが、息子の死にひどく打ちひしがれていた。彼を愛していないわけではないだろう。事故現場付近に来られない何らかの事情があるのかもしれない。——だが、あの子の方はそう思ってはいないようだ」

そう思っていないってどういうことなんだろうと私が思っていると、琥珀くんと千代丸くんが切なそうな顔をしてこう説明を付け加えた。

「どうやらあの少年は、両親がもう自分のことなど忘れてしまっているんだと思っているみたいなんです」

「ここにあの子が来るたびに、僕たちにも寂しい感情が伝わってくるんだよね……」

——そっか。そりゃ、寂しいし、悲しいよね。

小学校低学年なんて、まだ両親に甘えたい盛りだ。

それなのにいきなり命を落として、両親と離れ離れになってしまって。寂しくて、辛いに決まっている。

「もう亡くなって三年も経つのだな。……そろそろまずい頃だ」

単純にあの幽霊の男の子に何かできないかなと考えた私だったけれど、紫月の「まずい」という表現に、もっと厄介な事情が内包されているらしいことを察する。

「まずいって？」

「成仏し損ねた幽霊は、念が強まると悪い存在になってしまう。……悪霊にな」

「あ、悪霊⁉ 人を襲ったり呪ったりする、悪い霊ってことだよね？」

実際の悪霊には関わったことはないけれど、ホラー映画や小説なんかに登場する悪霊は、そんな感じだ。

「その認識で合っている。死者の魂を救済する霊界は基本的に来るもの拒まず、去るもの追わず。悪霊になるのは自己責任という考えで、悪さを働いた時点で地獄へ連れていくことになっている」

「地獄って！ あんな小さい子が⁉ なんとかしなくっちゃ！」

思わず私は立ち上がり、紫月に詰め寄りながら強い口調で言った。紫月は戸惑ったような面持になる。

「しかし、霊に関しては縁結びの神である私の出る幕では……」

そう言いかけて、紫月はハッとしたような顔をした。私を彼はじっと見つめていた。

あの小さな男の子の寂しさを、なんとか癒やしたいという気持ちを込めて。

するとと彼は、穏やかな微笑みを浮かべて、私の頭をポンポンと撫でる。温かく、大きな手のひら。なんだか安心したような気分になった。

「諦めてはいけなかったな。この前の老人の件で、君が教えてくれたのだった。幼子が悪霊になるのは、確かに痛ましいことだ。一緒になんとかしようではないか、陽葵」

「……うん！」

胸が熱くなるほど嬉しかった。紫月が私の気持ちを汲んで、あの男の子の地獄行きを阻止しようと、思い立ってくれた。

「僕も何かできることがあればお手伝いするよ～！」

「……私も」

そう言ってくれた千代丸くんと琥珀くんの気持ちが嬉しい。私は満面の笑みを浮かべて「ありがとう」とお礼を言う。

――紫月はいつも、私の意思を大切にしてくれる。縁結びの神様にとって、仕事の範囲外のことも、面倒なことも。

もちろん嬉しいけれど、やっぱりいまだに、どうして？とは思う。

紫月にそんな風に気にかけられる節なんて、どうにも思い当たらない私は、毎度のことながら不思議に感じてしまうのだった。

まずは、神社を出て行ってしまった男の子を、紫月と一緒に探しに行くことにした。

紫月の神通力は、対象が近づけば近づくほどその効果を発揮するらしい。

だから直接対面しながら紫月が力を使うことで、少年の素性や両親への気持ち、そして現在の両親の様子などが探れるだろうとのことだった。

ちなみに千代丸くんと琥珀くんは、神社でのお仕事があるため来ていない。

「あ！　いた！」

男の子の姿はすぐ見つかった。神社の敷地のすぐ隣の公園で、ひとりで木登りをして遊んでいたのだった。

「こんにちは」

私が声をかけると、男の子は木の上で目をぱちくりとさせる。そして木から飛び降りると、私と紫月に向かってこう言った。

「お兄ちゃんとお姉ちゃん、俺の姿が見えるの？　俺、死んじゃってるんだけど」

死んじゃってるんだけど、とあっけらかんと言う彼に心がずきりと痛む。

しかし悲しそうな顔をしてはこの子が余計寂しくなる気がしたから、私は努めて笑顔を作った。

「うん、見えるよ。このお兄ちゃんは神様だからね。私はえっと……普通の人間なんだけど、ちょっと特別なの」

本来なら、幽霊でも神やその従者の姿を見ることはできない。しかし今は、紫月の神通力によって、男の子に私たちを視認できるようにしていた。

「え！　神様!?　すげー！　俺初めて見る！」

「そうだ、俺は神様だ。すごいだろう？」

「……子供相手に偉ぶらないの」

すげーと言われたことが嬉しかったのか、紫月は得意げに鼻を膨らませる。

彼って、神様なのにこういうところが妙に人間臭いよなあ。食いしん坊だし……。

そこが素直でかわいらしくもあるんだけど。

「それで少年。さっき我が神社に参拝しに来ただろう。そのときの願いが気になってな」

「あ、さっきの神社の神様だったんだ……。ふーん」

途端に表情を曇らせる男の子。私たちに願い事を知られていることが、恥ずかしかったのかもしれない。

「両親に会いたいのか」

紫月がそう尋ねると、男の子は私たちから目を逸らして、ぶっきらぼうにこう言った。

「まあ、会いたいけどさ。でも最近来てくれないんだよね。もう俺のことなんて忘れてるんじゃない？」

投げやりな言葉だったけど、強がって言っているのがバレバレだった。唇が少しだけ震えている。

虚勢を張っている悲しそうな彼に昔の自分を重ねてしまった私は、強い口調でこう言った。

「そんなことないよ！　家族のことを忘れるわけなんてない！」

「……どうして？」

「私も小さいときに両親が死んじゃってるんだ。でも、忘れた瞬間なんてないし、ずっと会いたいって思ってるもん」

「ふーん……。そうなんだ」

そう言うと、男の子は私の方を向いてくれた。同じような境遇にいる私に、少しは興味を持ってくれたのかもしれない。

先に逝ってしまった側と、遺された側という、立場こそ逆だけれど。

――しかし。

「まあ、そうだとしてもさ。俺はもう生き返ることはできないじゃん。もうお父さんとお母さんと一緒に暮らすことなんてないじゃん。……だからどうでもいいよ」

私の言葉は、あまり男の子の心には届いていないようだった。

でも確かに、彼の言う通りだ。彼はもう生き返ることはできないし、お父さんやお母さんと一緒にいることは二度と叶わない。──だけど。

「知ってはいると思うが、このままここにいたら、地獄に連れていかれてしまうぞ」

紫月が真剣な口調で言う。

成仏しないとそのうち悪霊に落ちて地獄行きになるという決まりは、死者になった瞬間にわかるらしい。

だからこの男の子も知っているはずなのだけれど。

「別に天国だろうが地獄だろうが、どこでもいいよ。……どうでもいいんだよ、もう自分のことなんて」

俯き加減でそう言うと、男の子はとうとう私たちに背を向けて、走り去ってしまった。追いかけようと思った私だったけれど、紫月に肩を掴まれる。

「紫月?」

「あの様子じゃ、本人に説得は逆効果だ。もう投げやりになってしまっている。俺たちがさらに何かを言ったところで、かえって意地を張ってしまうだろう」

「でも、このままじゃ悪霊に……！」

「待て、そう焦るな。少年と話している間、神通力で本人のことや両親の居場所、最近の行動を突き止められたぞ」

「え！　いつの間に……！」

ただ会話しているだけのようだったのに、ちゃんと神様の力を使っていたことに私は感心する。

「少年の名前は拓斗《たくと》、九歳だ。両親は、父親の仕事の都合で最近少し遠方に引っ越してしまったようだ」

「あ！　だから事故現場にあまり来られなくなっちゃったんだ」

「そうだ。だがもちろん、両親はあの子のことを忘れたわけではない。月命日には欠かさず、墓に花を手向けに行っている。だが墓での祈りは、霊界に成仏した霊に届くもの。地縛霊として現世にとどまってしまっている拓斗には、両親の思いが伝わらない状態なんだ」

「そうだったんだ……」

つまり、両親と拓斗くんの思いがすれ違ってしまってる状態だったということか。

「拓斗の墓の場所も突き止めた。隣の市の墓地だ。幸いにも明日は、月命日だよ」

「……あ！　それなら明日お墓に行けば、拓斗くんのご両親に会える可能性が高いね。明日ふたりで行ってみましょう」

「うむ、そうだな」

拓斗くんのご両親に出会えたところで、なんて説明したらいいかはわからない。

だけど拓斗くんには、お父さんもお母さんも、お墓参りにちゃんと来ていたよと伝えることはできそうだ。

そうすれば、少しは拓斗くんの気持ちが変わるかもしれない。

とにかくあんな小さい子を地獄送りにするのは、なんとか阻止しなくっちゃ……と、私は明日のことを考えて意気込むのだった。


「着いたぞ、陽葵」

「ほ、本当に瞬間移動してる……」

驚愕しながらも、私はきょろきょろと辺りを見渡す。見慣れない墓地の一角に、私と紫月は立っていた。

昨日、拓斗くんのお墓が隣の市にあることがわかった。神社から出て、電車やバスを使っていくしかないなあ、神様が公共の交通機関を利用するって変な感じだけど……なんて思っていた。

今日になってお墓に向かおうとしたら、紫月が「行き先さえ決まっていれば瞬間移動ができるので、そんなものを使う必要はない」と言ったのだ。しかも、彼の体に触っていれば私も同じように一瞬で移動できるのだと。

いくら神様だからって、そんなことできるの？　と半信半疑だった私。

しかし、紫月の背中を触り「行くぞ」と声が聞こえ、瞬きしたらもう目的の墓地に到着していたのだった。

「すごすぎる……。瞬間移動、便利な能力で羨ましいなあ」

感心して私は言う。

これならば、好きな場所に行きたい放題じゃない？　海外旅行にだって、日帰りで行けるのかな？

「そこまで便利というわけでもない。移動可能なのは自分の半径十里……四十キロメートル弱の範囲だ。どこへでも行けるというわけではないさ。それに力の消耗が激しいから、近距離の移動ではあまり使わないことにしている」

「へえ……」

いや、それでも十分羨ましいけれど。

「実は、陽葵の前に最初に現れたときも瞬間移動を使ってだな……」

「ええ!?　そうだったの？」

言われてそのときのことを私は思い出してみた。

確か、いきなり強い風が吹いたと思った瞬間、庭木の下に紫月が現れたように見えた覚えがある。

あのときは、私がぼんやりとしていてどこかから入ってきた紫月にそれまで気づいていなかっただけだと思い込んでいた。

でも、本当に瞬時に紫月は私の前に現れていたんだ。

「それより、拓斗の墓へ行こう。両親が来ているかもしれん」

「あ！　そうだったね」

位置を把握している紫月に連れられ、拓斗くんのお墓の前までやってきた私たち。

辺りには誰の姿もなかった。

「ご両親、いないみたいだね」

「ああ。しかし、供えられている仏花は古いものみたいだ。待っていればそのうち来るのではないか」

「そうだね。とにかく私たちも、お線香をあげようか」

「そうだな」

お墓を訪れるのだから、一応仏花とお線香を私は持ってきていた。

まだ成仏していない拓斗くんには、お墓で祈りを捧げてもその思いは届かないらしいけれど、自分の習慣としてちゃんとお供えしてあげたかったのだ。

水汲み場にあった桶に水を入れて拓斗くんのお墓の前まで持っていき、水入れの水を新鮮なものに入れ替えてから、持ってきた真新しい仏花に差し替える。

そしてマッチでお線香に火をつけてから、半分を紫月に渡し、お墓に供えた。

手を合わせてから目を開いた後、ハッとする。そういえば神様って人間のお墓参りの仕方わかるのかな?と紫月の方を見てみた。

紫月は私の後にお線香を供えた後、瞳を閉じて合掌していた。神様だからそれくらい知っていたのかもしれない。あるいは、私の真似をしたとか。

そんなことを考えているときだった。

「あら……? あなた方は?」

いつの間にか、三十代くらいの夫婦が私たちの傍らに立っていた。ふたりは不思議そうに私たちを眺めている。

女性は目元が。男性は鼻の形が、――拓斗くんに、そっくりだった。

「あっ、えーと……。私、潮月神社の近くに住んでいまして。三年前に事故で亡くなった拓斗くんとは顔見知りでして……。ふと気になって、お墓参りに来てみたんです」

拓斗くんの両親と会ったときのために、あらかじめ考えていた言い訳を話す。

するとふたりはにこやかな笑みを浮かべた。

初対面だけれど、愛息子のお墓参りに来た私たちを、好意的に受け止めてくれたようだった。

「そうですか。わざわざありがとうございます」

「拓斗もきっと、喜んでいると思います」

ふたりは私たちに深々と会釈をした後、線香と花を手向けた。

そしてお母さんの方が、バッグから包みを取り出し、それを開いて紙皿の上に載せ、墓石の前に置く。

それは、カステラのようなスポンジのような、薄黄色のお菓子だった。

「そちらは……？」

気になった私はお母さんに向かって尋ねる。

「ああ、私が作ったシフォンケーキです。あの子の大好物で、生前は喜んで食べてくれました。だから月命日に毎回作って、こうしてお墓にお供えしているのです」

寂しげに笑って彼女は言った。お父さんはじっと、ふわふわのシフォンケーキを見つめている。

——やっぱり、お母さんもお父さんも拓斗くんのことを今も大切に思っている。深く愛している。きっと、これからも一生。

「とてもおいしそうですね。拓斗くんもきっと、喜んでいると思います」

私がそう言うと、お母さんは瞳にうっすらと涙を溜めた。

「……ありがとうございます。そう言っていただいて、なんだか救われた気分になりましたわ」

「そうだ。実はいつも、お墓の前で拓斗と一緒にこのケーキを食べることにしているのですよ。よかったらおふたりもお召し上がりになりませんか？」

お父さんが閃《ひらめ》いた、という顔をしてそう提案してくれた。

息子を忘れずに思っている人がいることや、妻のケーキを褒められたことが、嬉しかったのかもしれない。

「え……。私たちなんかが、よろしいのですか？」

家族水入らずの時間に、私たちのような部外者が入っていいものなのだろうか。そう思った私は、遠慮がちに言う。――しかし。

「おお！　それは是非に！」

今まで状況を静観していた紫月が、瞳を輝かせながら前に乗り出してそう言ってのけた。

こんなときも食いしん坊なんだから……と、私は乾いた笑みを浮かべる。

お母さんは微笑ましそうに紫月を見ながら、シフォンケーキをふた切れ紙皿の上に載せ、「さあどうぞ」と差し出してくれた。

お皿を受け取って、すぐにケーキを口に放り込む紫月。そして咀嚼しながら、満面の笑みを浮かべて言う。

「これは……。ふんわりしていてとても優しい味だ。何個でもぺろりと食べられてしまいそうだな」

「あら。それなら残りも全部召し上がりますか？」

「いえ！　いいですからそんなに！」

私が止めなければ。紫月はきっと残りのケーキをすべて腹に収めてしまうので、全力でそれを阻止する。

紫月は少し残念そうな顔をしたけれど、さすがに引き下がったようで何も言わない。

そんな光景を眺めつつ、私もシフォンケーキをひと口。

これは確かに、紫月の言う通りだ。ふわふわと柔らかく、優しい甘さが口内にじんわりと広がっていく。

ここまでふんわりさせるためには、きっと相当丁寧にメレンゲを作っているに違いない。メレンゲ作りは、とても精密さが要求される大変な作業だというのに。

──本当に、拓斗くんのことを考えて作っているんだ。彼が生きていた頃、家族三人がこのケーキを中心に団らんしていた光景を思い浮かべて、私はぐっと涙を堪えた。

そこで私はふと思いつく。

このケーキ、幽霊になってしまった拓斗くんに、どうにか食べさせてあげることはできないのかな？

　このケーキを食べれば、きっと拓斗くんは家族にまだ愛されていることを知って、素直に成仏してくれるんじゃないだろうか？

　でも幽霊だから、ひょっとすると人間と同じようにものを食べることはできないのかな？

「幽霊に人間の食べ物を食べさせる──。できないことではないぞ。陽葵」

「えっ⁉」

　耳元で紫月に囁かれた言葉の内容に、驚愕してしまう私。

　どうしてそんなことを言ったのだろう？　私が自分の考えを言葉に出したわけではないのに。

「ど、どうして私の考えていることがわかったの？　やっぱり紫月って人の心が読めるの？」

「参拝客以外の心など読めないと言っただろう。だが君の考えていることなんてお見通しだ。優しい陽葵の、思いつきそうなことなどな」

「え……」

　目を細めて言う紫月。私のことを深く理解してくれているような言い方をされ、心に温かいものが生まれた気がした。

――なんだか、心の通じ合った恋人……っていうか、夫婦みたい。

思わずそう思ってしまった私だったけれど、慌ててそんな考えを打ち消す。

べ、別に紫月と結婚するわけじゃないんだから。一体何を考えているの、私。

「じゃ、じゃあ。このシフォンケーキをもう一切れもらって、拓斗くんのところに持っていけばいいのかな？」

「今日はお友達が来てくれたよ、拓斗」「よかったねぇ」なんて、しみじみと墓石に向かって言うお父さんとお母さんを見ながら、私は小声で紫月にそう尋ねた。

「いや。成仏していれば墓に供えられた食べ物をそのまま食すことは可能だが、生憎拓斗はまだ地縛霊としてこの世にとどまっているため、少し特殊なやり方をするしかない」

「特殊なやり方？」

「ああ。調理をする前に、すべての材料に神通力を込める必要がある。そうして作られた完成品なら、拓斗も食べることができるのだ」

「なるほど……」

そうなると、お母さんが手作りしたものを直接拓斗くんに食べてもらうことは難しそうだ。

事情を説明して、神通力とやらを施した材料を渡し、お母さんに再度また作ってもらうことなんてもってのほかだし……。

——それならば。

「あの！　このシフォンケーキ本当においしかったので、もしよろしければレシピを教えてくださいませんか？」

思いついた私は、お母さんに向かってお願いしてみる。

こうなったら、私が作るしかないだろう。レシピさえわかれば、ほぼ同じ味を再現することはできるはずだ。

メレンゲ作りなら、小次郎おじさんに教えられながら何度もやったことはあるし。

ただ、少し間違えただけで生地が膨らまなかったり硬くなったりと、シフォンケーキはお菓子作りの中でも難易度が高い方だ。

久しぶりに作るから、うまく作れるか不安がないわけではない。

でもとにかく、成功するまで挑戦し続けるしかないだろう。

お母さんは目を見開き、一瞬驚いたように私を見た後、柔和に微笑んだ。

「そこまで言ってもらえるなんてとても嬉しいです。ええ、私が作ったこのケーキのレシピでよろしければ、是非に」

「ありがとうございます！」

お父さんがメモ帳とペンをたまたま持っていたので、それをお借りしてお母さんからレシピを伝授してもらう。

彼女は、事細かに材料の分量や手順を教えてくれた。「艶が出たら、泡だて器を電動から手動に切り替えてね」とか「生地が均一に混ざったら混ぜすぎないように」といった、細かいコツもしっかりと伝授してくれた。

「本当にご丁寧に教えていただき、ありがとうございます！　お時間取らせてしまって申し訳ないです」

シフォンケーキ作りの作業手順を隅の隅まで聞いた後、私はメモを見返してから深くふたりに頭を下げた。──すると。

「いえ……。なんだかとても嬉しかったです。私のレシピが、まだ生きているようで。あの子と同じように、喜んで食べてくれる人がいると思うと、心がすっと軽くなりましたわ」

「本当にありがとうございます。……あの、もしよろしければまた思い出したときでいいので、拓斗に会いに来てくださいませんか？　あの子も喜ぶと思うので」

穏やかに微笑みながら、拓斗くんのご両親は言う。

──ああ。なんて。なんて、温かい人たちなんだろう。拓斗くんはきっと、お父さんのこともお母さんのことも大好きだったのだろう。

でも、だからこそ、ふたりに会えなくなってしまってやさぐれてしまっているんだ。

もうどうでもいいと、すべてを諦めてしまうようになってしまったんだ。

ご両親の愛を、ちゃんとあの子に伝えなくっちゃ。私ができるのは、この親子の懸け橋になることくらいだ。

「はい！　もちろんです！」

私が満面の笑みを浮かべてそう言うと、ふたりは「ありがとうございます」と涙ぐみながら言った。

そんなふたりに手を振りながら、私と紫月は墓地から出た。

私が次にここに来るのは、拓斗くんをきちんと成仏させた後。ちゃんと天国へと、彼を見送った後だ。

――そのためには。

「紫月、早く神社に帰ってシフォンケーキを作ろう！　材料への神通力だかなんだかは、お願いねっ」

「うむ、承知した。他に手伝えることがあったら言ってくれ」

「ありがとう！」

紫月は私に近くに寄れと手招きをする。神の力による瞬間移動で、神社に帰るためだ。

彼は私を懐に入れようとするが、なんだか抱きしめられるような気がしたので、私は素知らぬ顔をして彼の背中にそっと手を置く。

「つれないなあ」

困ったようにそうつぶやかれたけれど、私は聞こえないふりをした。

今抱きしめられたら、確実に心臓が激しく波打ってしまう。少し前までは、ときめきよりも困惑の思いの方が強かったけれど。

紫月が優しくて、私のことをよく理解してくれていて、縁結びの神として人間や幽霊のことすらも見捨てられない性格だっていうことをわかりつつある今は。

彼に心が傾いてしまうような気が、ふとしてしまったのだ。

その後瞬時に潮月神社に戻った私たちは、早速炊事場へと向かった。


「うーん……」

完成したシフォンケーキをひと口齧った後、唸《うな》る私。

すると傍らで試食に協力してもらっていた千代丸くんと琥珀くんが、もぐもぐとケーキを食べながらこう言った。

「ふわふわでとてもおいしいよ〜！」

「本当にそうです！　口の中でまるで溶けていくかのように、柔らかいです」

「そう？　ありがとう」

ふたりはべた褒めしてくれるけれど、しっくり来ていない私はため息をついた。

神社に戻ってからすぐに、紫月に材料に神通力をかけてもらい、シフォンケーキを作り始めた私だったが。

一度目は少し硬くなってしまい、二度目は生地がうまく膨らまなかったので、実は今試食してもらっているのは、三度目の正直で作ったシフォンケーキだった。

今度こそ、と見た目はうまく焼き上がったのだけれど、ひと口食べてみたら違和感があった。

これはこれで我ながらおいしくできたとは自負できるけれど、拓斗くんのお母さんが作ったケーキとは、何かが違う気がした。

「さすが、陽葵の作る菓子は絶品だ。いくらでも胃袋に入ってしまうぞ！」

一度目と二度目の失敗ケーキですら、すべてを平らげた紫月が、今回も食いつくす勢いでケーキを口に放り込んでいく。

本当にこの人の胃袋は底なしなんだろうか？　神様だから、人間とは体の作りが違うのかもしれないけれど。

「ありがとう。……でも、おいしいだけじゃだめなんだよ。拓斗くんのお母さんが作ったケーキと、限りなく似たものにならないと」

「――確かに。少し違ったものになっているな」

「え、味が違うって、紫月にはわかるの？」

不遜《ふそん》ながら、私を愛しているらしい紫月は、私が作った物ならばなんでもあまり気にせずに食べてくれているんじゃないかと思い込んでいた。

だから、シフォンケーキの味の微々たる違いに気づいていたことが、少し意外だったんだ。

「いや、味というか。柔らかさだな。むしろ、拓斗の母親のケーキは少し硬かったのでは？　なぜかはわからないけれど」

「硬かった……。そっか！　冷めてたからだ」

お墓で食べたのだから、あのシフォンケーキは作ってから数時間は経過した状態だった。

シフォンケーキは柔らかさが命だと私は思い込んでいた上に、一刻も早く拓斗くんに食べさせてあげたくて、焦って頭がうまく回っていなかった。むしろシフォンケーキは、一日寝かせた方がおいしくなるレシピの方が多いのに。

拓斗くんのお母さんから聞いたレシピも、例に漏れずそうだったようだ。冷めた状態だからこそ、このレシピはしっとり感が増して味の優しさが濃密になるんだ。

子供は気まぐれだから遊びに夢中だったらおやつは後回しにするし、そんなに量は食べられない。だからお母さんは時間が経ってもおいしく食べられる、そんなレシピを作ったんだ。

「じゃあこのケーキの残りを冷まして……って、えー！　もう紫月全部食べちゃったの？」

お皿に置いていたはずのシフォンケーキが忽然《こつぜん》と姿を消していたので、私は目を丸くする。

「む？　すまぬ。陽葵が味が違うと言っていたから、もう一度作り直すのかと」

罰が悪そうに言う紫月。私は深く嘆息をする。

「これを冷ませばたぶんOKだったの！　もう本当に紫月は食いしん坊なんだから！」

「申し訳ない。愛する陽葵の作ったものは、一片すら残したくないという思いが強いのだ」

「え……」

ま、真顔でそんなこと言わないでよ。文句が言えなくなっちゃうじゃないの。

「と、とにかく。もう一度作るからね！　三人とも洗い物お願い！」

「了解した」

「は〜い！」

「承知いたしました」

というわけで、三人に洗い物をしてもらっている間に、お母さんのメモを見直して作り方を復習する。

本当に、メレンゲの作り方からオーブンの火加減まで、手のかかるレシピだ。

きっと息子の喜ぶ顔が見たい一心で、お母さんはこのケーキを作っていたのだろう。

彼が命を失っても、なお。

四度目の挑戦。私は「集中したいから、静かにお願いね」と、三人衆に言い付けて調理を始める。作業中ずっと、炊事場の隅でいすに座り、無言でいる三人。

紫月なんて神様だというのに、おとなしく従者と肩を並べているのが、なんだか微笑ましかったし彼の人柄のよさを感じた。

そして、焼き上がったシフォンケーキを、紫月に頼んで神通力によって数時間冷やした状態にしてもらった。私たち四人は、一斉にそのケーキを試食した。

――すると。

「わー、すごい！　さっきのケーキよりは硬いけど、食べ応えがあって味が濃く感じられる気がするよ～！」

「とても優しい味です。子供はさぞかしおいしく食べるでしょうね」

「母親の情愛が詰まっている味だからな」

千代丸くんと琥珀くんは、噛みしめるようにケーキを味わいながらしみじみと言い、なぜか紫月は得意げな顔をする。

口の中いっぱいに広がっていく、甘くて愛情たっぷりの味に、私は感慨深い気持ちになった。

――再現できたんだ。お墓で食べた、拓斗くんのお母さんが作ったシフォンケーキを。

だけど、そんな気分に浸っている場合じゃない。早く拓斗くんに、お母さんのシフォンケーキを食べさせてあげないと。

お父さんもお母さんも、拓斗くんのことを忘れてなんかいないんだよと、彼に教えてあげないと。

「拓斗くん、どこにいるのかな？　まずは探しに行かないと……！」

そう言って、私が炊事場を飛び出そうとした……そのときだった。

「紫月さま！　大変です！」

突然炊事場の扉が開いたかと思ったら、うさぎ耳の従者が、血相を変えた様子でそう告げた。紫月は眉をひそめる。

「何事だ……？」

「境内に子供の霊が！　悪霊になりかけているようで……！」

「なんだと!?」

紫月は顔色を変えた。状況的に考えて、悪霊になりかけている子供の霊なんて――

拓斗くんしか考えられない。

「拓斗くん……！　ど、どうしよう紫月。間に合わなかったの……？」

お母さんの味のシフォンケーキが、やっと完成したというのに。このまま悲しい気持ちを抱えた状態で、拓斗くんは地獄へと連れていかれてしまうの？

「くっ……」

紫月は小さく呻《うめ》くと、機敏な動作で炊事場から出た。私も完成したシフォンケーキを載せたお皿を持って、慌てて後を追う。

その後ろからは、千代丸くんと琥珀くんもついてきている気配があった。

「わっ」

境内に一歩足を踏み入れた瞬間に紫月がいきなり足を止めたので、勢いあまって私は彼の背中に激突してしまう。ケーキを載せた皿は、幸い無事ではあったが。

「紫月……!?」

何事かと尋ねようとした私だったけれど、境内の中の光景を見て絶句した。紫月も珍しく深刻そうな面持ちをして、それを見据えている。

従者たちはそれから少し離れて、一様に怯《おび》えたように体をすくませていた。

私はただの人間だから、妙なものを感じる力なんてまるでない。幽霊だって、今まで一度も見たことがない。

だけどそんな私ですら、それから発せられる気配にはぞくりとさせられた。小さな黒い人の形から滲み出る、黒い靄。禍々《まがまが》しく、憎悪に満ちた気配を辺りに放つそれは、まさに悪霊と称される存在に思えた。

「拓斗くん……なの……？」

かすれた声で私は言う。するとその物体から、獣の咆哮《ほうこう》のような重々しい声が響いてきた。

人語とは思えなかったけれど、とても怒っているような悲しんでいるような……そんな空気を発しているように感じられた。

──泣いているのかもしれない。お父さんに、お母さんに会いたいって。

姿こそ禍々しいけれど、ただ親の愛に飢えている子供がそこにいるように思えた。

「……紫月。あれは拓斗くんだよね。もう悪霊になってしまったの……？」

私は恐る恐る問う。紫月はしばらくの間、何も答えなかった。

彼のこれまでの話しぶりからすると、悪霊になってしまったらもう後戻りはできないのだろう。

紫月が何も言わないということは、もう──。

しかし、私がそう諦めかけたときだった。

「……いや。九割方悪霊だが、まだ少しだけ人の心が残っている。かすかだが、声が聞こえた。お父さん、お母さんとな」

「それじゃあ、まだ説得すれば間に合うということ!?」

一縷《いちる》の希望を見出し、私は手に持っているシフォンケーキに視線を落として言う。お母さんの愛がこもったレシピを再現したシフォンケーキ。きっとこれを食べさえすれば……!

「残念だが、望み薄だな……。心のほとんどが負の感情に蝕《むしば》まれているようだ。こちらの声は聞こえないだろう。近寄ったら、こちらも怨霊として取り込まれてしまうかもしれない」

「そんな……。じゃあ諦めるしかないの?」

せっかくお母さんの味を拓斗くんに届けられるところだったのに。紫月の神通力や、私の試行錯誤が、すべてに無駄になってしまうのだろうか。

そんなことを思い私が不安になっていると、紫月が拓斗くんを注視しながらも、口角を上げた。

「――いや。あまり気は進まないが、手はある。ここまでふたりで力を合わせたのだ。俺だって簡単には諦めたくはないさ。陽葵だってそうだろう?」

「うん……!」

紫月の優しい言葉は、「拓斗くんを闇から解き放ちたい」という思いをまるで共有しているような感覚にしてくれた。

――うん。きっと今の私と紫月は、同じ気持ちでいる。

「紫月、どんな手があるの？」

「俺が神の力で、拓斗の邪気を一時的に取り払う。その間に陽葵は拓斗にシフォンケーキを渡してくれ」

拓斗くんを取り囲んだ、あの禍々しい靄を少しの間だけ消してくれるということらしい。確かにそれならば、昨日会ったときのように拓斗くんと会話ができそうだ。

「わかった！　やってみます」

「……本来ならば、陽葵にこんな危険な役目をやらせたくはないのだ。だがそのシフォンケーキを作ったのは陽葵だからな。思いを込めて作った人が手渡ししないと、その効果は薄くなる」

「……思いを込めて作った人が」

小次郎おじさんが作ったケーキを、笑顔を浮かべる彼の隣で食べたとき、いつも以上においしかったことを私はふと思い出した。

きっと紫月が今言っているのは、そういうことなのだろう。

「だが、気をつけてほしい。あれほどの邪気だからな。俺の力が及ぶのはほんの短い時間だろう。俺が合図したら、シフォンケーキを渡せていなくても諦めてすぐに拓斗から離れてくれ」

「はい！」

私が決意の返事をすると、紫月はその場で合掌し、瞳を閉じた。そして彼の口からは、私にはうまく聞き取れない呪文のような言葉が吐き出される。

すると、拓斗くんを包んでいた黒い靄が中心からかき分けられるように虚空へと霧散した。完全に取り払われたわけではなかったけれど、幼い拓斗くんの顔がうっすらと見えた。

黒い靄が薄くなっている今のうちに、拓斗くんにシフォンケーキを渡さなくては。

私は意を決して、拓斗くんへと近づいた。

まだにうっすらと残っている黒い靄のせいで、拓斗くんの顔はかなり近づいてみてもよく見えなかった。

子供らしく地べたに体育座りをしている彼に視線の高さを合わせるようにかがむと、やっと彼の表情をうかがえた。

拓斗くんは虚ろな瞳をしていた。すべてに絶望し、何もかも諦めてしまっているかのような面持ちに見えた。

「──拓斗くん」

名を呼ぶと、拓斗くんの首がわずかに動き、彼の色のない瞳が私に向けられる。

――そんな顔しなくて大丈夫。まだ諦めるのは早いよ。拓斗くんは悪霊なんかじゃない。ただ寂しがっているだけの子供なのだから。

幼い頃、事故でいきなりお父さんとお母さんがいなくなって、世界で自分ひとりきりになった気がして。

私はしばらくの間、この世のすべてに絶望し、泣きわめき、ひとり取り残された自分の運命を呪った。

だけど、小次郎おじさんがそんな私を光のある世界に引き戻してくれた。

彼がいなかったら、私は今頃どうなっていたんだろう。まったく想像ができないし、考えることすら恐ろしい。

そして拓斗くんには、私にとって小次郎おじさんのような存在はいない。お父さんとお母さんも、事故現場には来なくなってしまった。

そりゃ、寂しくて辛くて、悪霊になりたくもなるよ。

――でもね、拓斗くん。

お父さんもお母さんも、あなたのことをまだ愛している。そんなに寂しがる必要なんて、ないんだよ。

私はお皿を持ったまま、拓斗くんにそっと腕を回し、強く抱きしめた。迷いはなかった。

夜中に寂しくて泣いていたときに、小次郎おじさんもよくこうして頭を撫でてくれた。そのとき私がしてもらったことと、同じことをしているだけだ。

――すると。

「……お姉……ちゃん」

感情のなかった拓斗くんの瞳に意思が宿る。目尻の端に浮かぶ涙。噛みしめた唇。いたいけで愛らしくて、そして悲しい。

私は抱きしめるのをやめて、持っていたケーキを載せたお皿を彼に差し出す。

「拓斗くんの大好きなシフォンケーキだよ。お父さんとお母さん、拓斗くんのこと忘れていなかった。ちゃんと思ってた。お母さんにこのケーキのレシピを聞いて、私が作ったの。あなたが大好きだった、あの味だよ」

「お母さんが……？　お父さんも……」

「だからそんなに悲しまなくても大丈夫。ほら、食べよう？」

私はお皿の上からケーキを一切れつまみ、拓斗くんの口元へと差し出した。彼はしばしの間迷っていたけれど、恐る恐るといった具合で、ケーキの端を少しだけ齧る。

――すると。

「……本当だ。お母さんだ。お母さんの味だ……。いつも俺に作ってくれた、お母さんの……」

「そうだよ。お父さんとお母さんは、毎月このケーキを持って拓斗くんのお墓に会いに行っていたの。拓斗くんが事故現場にとどまる地縛霊になってしまったから、会いに行けなかっただけなの。……だからね、もう寂しがってお父さんとお母さんを憎むのはやめよう？　天国に行けば、毎月ふたりはお墓に会いに来てくれるんだよ」

「──そうなの？　天国に行けば、お父さんとお母さんに会えるの？」

「そうだよ。だからもう、ひとりで泣かなくていいんだよ」

私がそう言った次の瞬間、黒い靄のほとんどが一気に晴れた。拓斗くんも、漆黒の禍々しい人の形ではなく、少し透過しているだけの人間の男の子の姿へと変わった。

「そっか……。そうだったんだね。俺、勘違いしていたみたいだ。もうふたりは俺のことなんて忘れてるんだって。……違ったんだね」

「……そうだよ。私、ふたりとお話したんだ。今でも拓斗くんのことを、大切に思っているよ」

「お父さん……お母さん……」

拓斗くんはつぶやくようにそう言うと、私に向かって無邪気に微笑んだ。子供らしい、純粋な笑顔に見えた。──すると。

「陽葵！　もう離れるんだ！」

遠くから紫月の叫ぶ声が聞こえてきた。私はハッとする。

拓斗くんのことで頭がいっぱいで失念していたが、あまり長く彼に近づいてはいけなかったんだ。

紫月の言い付け通り、私は拓斗くんから離れようとした。

しかし動こうとしたその瞬間、残っていた黒い靄が足にからまって、うまく歩くことができなくなった。

「え……」

戸惑っていると、黒い靄がどんどん私の体を覆っていく。拓斗くんは、そんな私を不思議そうに眺めていた。

せっかく拓斗くんが前向きになってくれたというのに。悪霊の気配はまだ消えていなかったらしい。

「お姉ちゃん……？　お姉ちゃん！」

視界が真っ暗になってしまった。すると、危険な状況であることを察したらしい拓斗くんの、悲痛な声が聞こえてきた。

早くこの暗闇から脱出しなきゃと、必死に手足を動かそうとするも、まるで鉛の重りでもつけられたかのように、身動きが取れない。

さらに口や鼻から、黒い気配が体内に侵入してくるような感覚に陥った。意識が朦朧としてくる。

私は恐怖に支配される。たぶん紫月がさっき言っていた、「近寄ったら、こちらも怨霊として取り込まれてしまうかもしれない」という状況になりつつあるんだ。

――嫌、怖い。それに私がここで悪霊になったら、拓斗くんが前向きな気持ちで成仏できなくなってしまう。助けて……！　誰か……。紫月！

私が心の中でそう叫んだ瞬間だった。

「陽葵ーっ！」

黒い靄をかき分けるように、その声は聞こえてきた。暗黒の中に囚《とら》われた私にとって、それはどんなに頼もしくて、安心できたことか。

そしてそんな私の手は、ひと回り大きな手のひらに握られた。その手は私を力強く引っ張る。重い闇を私から遠ざけるかのように。

視界が急に明るい青空で支配された。眩しくて思わず顔をしかめる。すると次に感じたのは、全身を包む温かな感触。

紫月が私を抱きしめていた。背中に回された腕には力がこもっているようで、少し痛い気もしたけれど、その痛みが心地いい。

「陽葵……！」

私を抱擁しながらも、紫月がかすれた声を上げる。私をあの黒い靄の中から救い出してくれた紫月。

きっと、紫月だって危険だったはずだ。だけど自分の身を顧みずに、私を助けてくれた。

——本当に、どうして私のためにここまでしてくれるのだろう。

「……紫月、ありがとう。私悪霊にはなってない……みたい」

「ああ……よかった」

紫月が少しだけ腕の力を緩めた。至近距離ではたりと彼と目が合う。彼は瞳に涙を浮かべながら、微笑んだ。

私も安堵の息を吐いたが、次の瞬間ハッとする。拓斗くんはどうなったのだろう。

「拓斗くんは!?」

先ほどまで自分がいた場所に目を向ける。

するとそこには、少し体が透き通っただけの、少年の姿があった。黒い靄はもう全く見当たらない。

「俺が陽葵を呼んだとき、すでに拓斗は君が作ったシフォンケーキのおかげで成仏する気持ちになっていたんだ。だが、彼を悪霊にしようとする邪悪な気配はしつこく居座り続けていた」

「そっか……。私はその気配に狙われたんだね」

「……ああ。本当に、間一髪だった」

そんな会話をする私たちの元へ、拓斗くんが駆け寄ってきた。ひどく不安そうな顔をして。そのタイミングで、紫月はやっと私を解放した。

「お姉ちゃん！　大丈夫なの!?」

「――うん。大丈夫よ」

私が微笑んでみせると、拓斗くんは安心したようにくしゃりと破顔する。

「よかった……。俺のせいでお姉ちゃんが危険な目に遭ったなんてことになったら、おちおち成仏なんてできないよ」

照れたように、どこか生意気そうな口調で言う。年齢相応の、子供らしい態度がなんと微笑ましいことか。

「……成仏、するんだね。拓斗くん」

「そうだね。お父さんとお母さん、今までずっと俺に会いに墓参り来てたみたいじゃん？　それなのに俺その場にいなかったから、なんだか申し訳ないよな～。ちゃんと成仏して、墓でふたりに『ごめん』って言うことにするわ」

歯を見せて無邪気に拓斗くんは笑う。私は涙ぐみながら、ゆっくりと頷いた。紫月も穏やかな瞳で少年を眺めていた。

「ありがとう、お姉ちゃん」

拓斗くんの全身がゆっくりと、空へと昇っていく。雲の隙間から、太陽の光が筋のようになって差し込んでいた。拓斗くんがその光の中に吸い込まれていく。小さな魂が、天に昇華していく光景だった。

「みんな、もう大丈夫だぞ。陽葵も私も無事だ」

紫月が少し離れた場所から私たちを取り囲んでいた従者たちに告げる。優しい彼のことだから、きっと「危ないから皆は近寄らないように」とでも告げていたのだろう。

緊張した面持ちで私たちを見守っていた従者たちは、一様に安心したような面持ちになった。

すると、真っ先にふたつの影が私たちに駆け寄ってきた。

「陽葵さま～！」

千代丸くん、琥珀くんだった。その光景を見た瞬間、やっと終わったんだと深い安堵感が湧き起こってきた。

──よかった。お母さんのケーキのおかげで、なんとか拓斗くんを悪霊にせずに済んだんだ。

一仕事終えて、息をついた私だったが。

「……あれ？」

ぐらりと視界が歪《ゆが》んだ。突然全身の力が弛緩《しかん》したかと思ったら、私の瞳は雲が浮かぶ空を映し出していた。

——あれ。私もしかして、倒れちゃってる？

そう気づき、身を起こそうとするもやはり力が入らない。

そんな私を、紫月が悲痛そうな顔をして上から見つめ、何やら叫んでいる。しかしその声ははっきりと頭に入ってこない。少し体が揺れている気がする。どうやら、彼に揺さぶられているみたいだ。

……と、思っていたらどんどん視界が黒ずんできた。あーあ、私、なんかやらかしたっぽいなあ……。

なんてぼんやりと考えているうちに、私の意識は暗転してしまったのだった。

意識を取り戻した後に聞いた話だけれど、私はあの後三日三晩も眠り続けていたらしい。

紫月が私を黒い靄から引き離してくれたものの、口や鼻から幾分か吸い込んでしまったことで、生命力が奪われてしまい、命に関わるほど衰弱してしまったんだとか。

起きた後に紫月や千代丸くんに聞いたときは、「へー、そうだったんだ」くらいにしか思えなかったけれど。

自分の体の心配よりも、紫月に対して申し訳ないという気持ちが大きかった。

三日三晩眠っている間、うっすらと意識がある瞬間が何度かあった。そのときは毎回、紫月が私の顔を心配そうに覗き込んでいて、「大丈夫か、陽葵」「早く元気になるんだぞ」「また一緒におやつを食べよう」と、優しく声をかけてくれていた。

目が覚めた後に私が見た、いつも美しかった彼の顔には、目元に濃いクマができ、肌はきめ細かさをなくし、疲労感が滲んでいた。

神様も人間のように疲れるんだなあと感心するのと、そんなになるまでどうして私を看病してくれるのだろうという不思議に思う気持ちが生まれた。

そして、私をここまで心配してくれる人が存在しているという嬉しさと、心配をかけてしまっているという申し訳なさも。

私が目覚めた瞬間も、紫月は当然のように傍らにいてくれた。目を開けた私が最初に見たのは、涙目になりながら笑う紫月だった。

「陽葵……！」

「……！　し、紫月……」

上半身だけ起こした私を紫月がきつく抱きしめた。本当に強い力だったので、少し背中が痛いくらいだったけれど、優しい温かさが心地よかった。

「無事でよかった……陽葵」

私を抱きしめたまま、耳元で涙声で紫月は言う。病み上がりの心身が、彼の愛で満たされていくような感覚に陥った。

今までも彼に抱きしめられたことはあったけれど、歯の浮くようなセリフを同時に言ってきたり、からかいの延長のような流れだったりしたからか、恥ずかしいという気持ちの方が大きくて、こんな風に「愛されてるなあ」っていう感覚とは、全然違っていた。

――私のために。ここまで一生懸命になって、身を削って、看病してくれて。心から愛おしんでくれているなんて。

「紫月……」

抱きしめられながらも首を動かすと、紫月とはたりと目が合った。涙で濡《ぬ》れた空色の瞳は、刹那の美しさを放っている。

彼は歯がゆそうに、しかしどこか熱っぽい視線を向けてくると、私の顎に優しく手を当てて、顔を少し上向きにさせてきた。

そしてそのまま、その非の打ちどころのない美麗な顔を、ゆっくりと近づけてくる。

彼が何をしようとしているのかは、ぼんやりとした頭でもわかった。彼の妻になる気がないはずの私は、「ちょっと！」なんて言って、その行動を拒否しなければならない。

でもそのときの私に、そんな気力はなかった。いや、そんな気は起きなかった。

──むしろ、私は。

「……すまん、陽葵。つい、な」

唇同士が触れ合おうとしたすんでのところで、紫月は罰が悪そうに笑って顔を逸らした。私はハッとすると、「あ……う、うん」と、覚束ない返答をする。

すると紫月は私の頭をポンポンと、撫でるように優しく叩くと、悪戯《いたずら》っぽい笑みを浮かべてこう言った。

「こういうことは、陽葵が正式に嫁になってくれたときだな」

「そ、そうだね」

「まあ俺は、陽葵さえよければいつでも準備OKだがな。なんなら接吻《せっぷん》など飛び越えてもっと夫婦らしいことでもしようか」

「え、あ……」

いつもの質《たち》の悪い紫月の冗談だったけれど、目覚めたばかりの頭ではそれを理解するのに少しの時間を要した。

そして理解した後でも、いつものように突っ込む気にはなれなかった。

意識がいまだに少しぼんやりしている、というのが一番大きな原因だとは自分でもわかる。だけど、それだけじゃない。

すると紫月が、申し訳なさそうな顔をしてこう言った。

「……陽葵。すまんな、病み上がりなのにいつものようにからかってしまって」

きっと、彼も私がいつものように言い返してくると思っていたのだろう。だけど私がはっきりと言葉を返さなかったため、自分の言動を後悔したようだ。

「……ううん。謝らなくていいの。あの、ちょっとまだぼーっとしちゃってて」

「そうか。体がしっかり治るまで、ゆっくり休め。続きができる日を、楽しみにしているよ」

「——うん」

そう返事をすると、紫月は安心したような笑みを私に向けた後、部屋から去って行った。

ひとりになった私は深く嘆息した。しかし、先ほどからうるさい心臓の音は、一向に小さくならない。

——紫月にキスをされそうになったけれど未遂に終わった瞬間。

不覚にも私の心に生まれたのは、残念だという感情だった。

……してもいいのに、どうしてやめてしまうんだろう、と。

キスされたい……。気が付けば私はそう思ってしまっていた。キスどころか、それ以上のことも受け入れてしまいそうな勢いすらあった。

病み上がりで心が弱っていたから？　いや、そういったことで男性の温もりを求めるほど私は女性として大人ではない。

明らかに紫月に対する自分の気持ちが変化してきている。「よく知らない紫月との結婚はしない」という私の凝り固まった考えが、彼の内面に触れていくうちに、いつの間にか柔らかくなって形が変わってしまっていた。

——そう、今の私の想いは。

この人なら。この人となら、私は。

結婚してもいいのかもしれない。

紫月の抱擁による余韻を感じながら、私はそんな自分の甘い気持ちをひとりで噛みしめるのだった。

食べられなかった苺大福

うん、うまく丸められた。

苺とあんこの甘い香りが漂う中、アルミの天板に整然と並べた白く丸い甘味たちを眺めて、私は満足げに頷く。

本日の午後のおやつは、苺大福。あんこに包んだ苺を、白玉粉の生地で丸め、片栗粉をまぶすだけで簡単に作れる和菓子だ。

拓斗くんの騒動に巻き込まれて、寝込んだ私が目覚めてから、もう一週間。ほぼ体の調子は戻ったというのに、紫月はいまだに私に安静にしろ、お菓子作りも控えるようにと言っていた。

だけど私はこの神社の甘味係としてきちんと働きたかったし、何よりもおやつ作りをしている方が元気になるほど製菓作業が好きなので、「簡単にできるお菓子を作るから」と主張して、こうして炊事場に立っていたのだ。

――紫月って、本当に嫁思いだなあ。パートナーを甘やかしてだらけさせるタイプなんじゃない？　……って、まだ私は嫁ではないけれど。

そんなことを考えていると。

「お。おやつ、できたのか」

「し、紫月！」

私の様子を見に来たらしい紫月が、炊事場に入ってきた。ちょうど彼のことを考えていた私は、妙に焦ってしまう。

「陽葵、どうした？　少し顔が赤いようだが。……まさか、具合が悪いのか？」

「ち、違うよ！　元気元気！　元気だから安心して！」

私の様子を見て、心配そうに詰め寄ってくる紫月だったが、私は勢いよく頭を振って全否定する。

本当に元気だし、もし体調が悪くても正直に言ったら全身全霊で心配してくる。厄介な人である。

それにしても、私顔赤くなっていたんだ……。

「それならいいが。……今日は苺大福か。相変わらずうまそうだな」

「うん、おいしくできたと思うよ。ひとつここで食べる？」

「ああ、いただこう」

私は紫月に差し出すために、天板の上に載せていた苺大福を取ろうとした。しかし、紫月も同じ苺大福を同じタイミングで取ろうとしたらしく、手が触れ合ってしまった。

紫月の指が、私の白玉粉まみれの指と触れ合う。長く美しい指の温かみ。

彼が必死に私を看病していたときの顔が、思い起こされてしまった。

「ひゃっ！」

思わず変な声を上げ、紫月の温もりから離れるように手を振り上げてしまう。その拍子に、苺大福が床にひとつ落ちてしまった。

「なんと！　もったいない！」

紫月は神様らしくないことを叫びながら、苺大福を拾う。そしてそのまま、口へ入れようとした。

「ちょ、ちょっと紫月！　下に落ちたのは食べないの！」

「陽葵が作ったものなら、少しくらいホコリがついていても構わない。むしろスパイスだ」

苺大福を眼前に持ちながら、真顔でわけのわからないことを言う。

「はあ？　いいから！　汚いからやめなさい！」

「なぜだ？　人間にも、落としたものでも三秒以内に拾えばセーフとする、三秒ルールという習わしがあるだろう。今は〇・五秒くらいで拾ったんだから何の問題もあるまい」

「なんで神様がそんなこと知ってるの？　たくさん作ったんだからひとつくらい諦めてよ！　とにかくやめて！」

私が必死に主張すると、紫月は「くっ……。君がそこまで言うのなら……。断腸の思いだ」と、心底口惜しそうに言い、拾った苺大福を屑籠《くずかご》の中に放った。

たかが苺大福ひとつに、なぜそこまで悔しがれるのだろう。

そんなことを思っていたら、紫月がくるりと私の方を見て、少しだけ眉をひそめた。

「しかし陽葵。先ほどよりも顔が赤くなっているが。やはり、熱でもあるんじゃないか？」

「……！　ないない！　大丈夫！」

「本当か？　どれ……」

「え！」

紫月はそっと私の頬を両の手で包むと、自分の額を私のそれとくっつけた。人間の親子なんかでもよくある、体温をチェックするときの動作だ。

さらに顔色まで確認しだした紫月は、目と鼻の先まで近づけた顔で、容赦なく私を見つめてくる。

どんどん体内が熱くなる。本当に熱が上がってしまうかもしれない、と不安になってしまった。

頭から煙が出そうになるほど内側が熱せられたとき、ようやく紫月は体温と顔色チェックをやめて、私を解放してくれた。

「確かに熱はないみたいだが……。陽葵の顔、茹《ゆ》で蛸《だこ》のように真っ赤になっているぞ？　本当に大丈夫か？」

「だだだだ大丈夫です本当に！」

噛みまくりながらも必死に私がそう言うと、紫月は瞬きしながら私を見た後、一瞬だけ微笑んだように見えた。どこか意地悪そうな笑みだった気がする。

「いや、本当に心配だ。心から。本気で。だからちゃんと体温を確認させろ」

「えっ？」

やたらと真剣な声音で言うので、これ以上近づかれないように身構えていた私は、自然と警戒心を解いてしまう。

だがそれは間違いだったことにすぐに気づかされた。

「っ⁉　ちょ、ちょっと！　紫月⁉　ひぇっ……」

素早い動作で私に抱きついてきた紫月は、私の首筋をそっと優しく触ったのだ。思わず変な声が出てしまう。

「人間の平熱にしては、少し熱いような。大丈夫と申していたのに、なぜこんなに火照っているのだ？　ん？」

耳元で甘く、しかしどこか不敵に言われ、今度こそ間違いなく私の体温は平熱を突破したと思った。

近い。近すぎる。紫月の息遣いが耳元で聞こえる。

「もう無理ーっ！」

状況に耐えられなくなった私は、絶叫して紫月を手で押しのけてしまう。

彼はあっさりと私を手放してくれたが、焦る私を見ておかしそうに微笑んでいた。

最初は本当に熱の心配をしてくれていたと思うけど、途中から絶対にからかいに来たよね!?

「陽葵、何が無理なんだ？」

「だって紫月が……！　そのっ」

「俺はただ陽葵の体温が気になっただけだが」

「……！　もう！　ちょっとまだ作業があるから、紫月はここから出て行ってくださーい！」

必死になってそう叫ぶと、紫月はやれやれとでも言いたげに苦笑を浮かべる。

「はいはい、わかった」

「わかればいいの！」

「うむ。しかしあまり無理するなよ。熱が上がった気がしたら、また俺が確認してやるからな」

「なっ……大丈夫だからもう早く行って！」

「ふっ、そうか」

からかいの連続をかましてくる紫月から早く逃れたくて、私は彼の背中を押しながら炊事場から無理やり追い出した。

そして扉を閉めて、ひとりになった空間でとても深いため息をつく。

――最近、紫月と関わると心臓がバクバクと波を打って落ち着かない。少し触れただけで、さっきみたいに赤面してしまうようだし……。

確実に、紫月に対する想いが変わってきていた。

最初は、まあ悪い人ではないだろうけど、結婚とかいきなり言われてもなあ、それに神様だし……なんて考えていた。

迷惑をかけ続けるわけにはいかないから、お金を貯めて早く出て行かなきゃ、とも。だけど、紫月と共に、おじいさんの想いを叶えて、拓斗くんのためにシフォンケーキを作って。そんなことを一緒にしているうちに、彼の優しさ、懐の深さを私は知ってしまって。

極めつけは、私が倒れてしまったときの彼の看病の様子だったと思う。

朦朧とした意識の中で、彼の温かさがずっと私を包んでくれていたことを感じていた。心から身を案じてくれている、優しい声が、私に深い安心感を与えてくれた。

――こんなの、意識しない方がおかしいよ。

最近、紫月の顔を直視できなくなってしまった。最初に会ったときから、「うわあ、美形だな」と惚れ惚れする気持ちはあった。でも、今はそれだけじゃない。

紫月の朗らかに微笑んだ顔を見ると、幸福感が溢れそうになる。心臓がドキドキドキドキと早い脈を打って、居ても立っても居られない気持ちになる。

やっぱり、私紫月のことを……。

できあがった苺大福を運びながらも、自分の中に生まれた甘い感情にそわそわさせられてしまう。

——いやいや、最近優しくされたから、少し意識しちゃってるだけじゃない？　まだそうと決めつけるのは早急じゃないの？

結婚という恋愛における最終ゴールを、紫月からはすでに求められている。だから焦って結論付けるのは、ちょっと危険な気がするのだ。

とにかく、苺大福を食べてちょっと心を落ち着けよう。みんな境内か縁側にでもいるかな。

炊事場からは境内の方が近かったので、渡り廊下を歩いてまずはそちらが見通せる場所まで行ってみる。しかし、誰の姿もなかった。引き返そうと思ったそのとき。

「あれは……？」

神社の前の道路に、黒くて丸い物体が見えた。少し蠢いているようにも見える。生き物だろうか？

気になった私は、廊下から降りて草履を履き、境内を歩いて道路側の方へと歩み寄ってみる。

その正体は、全身が真っ黒の猫だった。体を丸めて縮こまっている。

あの様子、もしかして弱っているのかな……？　病気？　怪我？

猫を助けてあげたくなったが私は鳥居の外に出るわけにはいかない。紫月を恨んでいるらしい夜羽とかいう山の神が、私を狙っているとのことだから。

最近敷地の外に出るときはいつも紫月と行動を共にしていたから、危険はなかったけれど。

それならば紫月を呼んで来ようと、私は踵を返そうとした。しかし、道路の先から車の走行音が聞こえてきてハッとする。

車は黒猫が丸まっている側の車道を走っていた。どんどん迫ってきている。

ひ、轢《ひ》かれちゃう！

気づいたら苺大福を載せていた盆を投げ出し、鳥居の外に私は飛び出していた。そして迷わずにその黒猫を抱っこして、歩道側へと逃げる。

車とはまだだいぶ距離があったため、運転手にも迷惑をかけることなく猫を救出することができて、私はひとり安堵の息を漏らす。

苺大福は全部だめになっちゃったけど、まあまた作ればいい。猫の命には代えられない。

「もう大丈夫だよ、猫ちゃん。怪我をしているのかな？」

腕の中の黒猫に向かって優しく言う。胸は呼吸によって上下しているけれど、目を閉じたままだ。

変だな、と思った。こんな風にいきなり人間に抱っこされて、眠ったままの猫がいるなんて。警戒心の強い外猫は、こんな無防備な姿をさらさないはずなのに。

衰弱して動きたくても動けないとか!?　一気に不安感が増大し、私は猫を抱っこしたまま鳥居の中へと戻ろうとした。

――すると。

「!?」

腕の中の猫に突然違和感を覚え、私はその場に硬直する。

猫は瞼《まぶた》を開けていた。その金の瞳は美しかったけれど、やけに煌々《こうこう》と光っていてどこか恐ろしさも感じた。

「まさか、こんな簡単にうまくいくとはな」

猫はにたりと笑うと、低い男性の声でそう言った。

「な!?」

仰天した私は思わず猫をその場に放り投げてしまう。しかし猫は、身軽な動作で地面にすたっと着地をした。

「鳥居の外に出ればこちらのものだ。あいつの加護がなくなったお前など、ただの人間だからな。……くく」

瞳をぎらつかせて私を見据えながら、含み笑いをする黒猫。その言葉の内容から、私は彼の正体を察する。

「……！　あなたはもしかして、夜羽⁉」

「察しがいいな、娘。あいつから我について聞いていたか。そうだ、我が山の神である夜羽だ。顔を合わせるのは初めてだな。紫月の嫁よ」

そう言っている間に、猫の輪郭がぼやけていき、人へと変化した。袴《はかま》姿の真っ黒な長髪を風に靡かせる美青年に。

しかしその美しい顔は、私を憎々しげに睨みつけている。

やっぱり紫月の言う通り、この人は私を狙っているんだ……。

「わ、私はまだ紫月の嫁じゃないよ！」

そう言えばもしかしたら興味をなくして去ってくれるんじゃないかと、一縷の望みをかけて言う。実際に、まだそうではないし。

すると夜羽は眉をひそめて私を観察するように凝視した後、ふっと小さく笑った。

「つまらない嘘をつくな、娘」

「え？　う、嘘じゃないけど！」

本当に嘘ではない。だって私はまだ紫月と正式に結婚したわけではないのだから。

「……あまりたわけたことを抜かしていると痛い目に遭わすぞ。お前からは紫月への愛を確かに感じる。夫婦でもなければそんな感情持ち合わせているわけがない。神である我を騙せると思うのか？」

「え……？」

夜羽の言葉に、私は状況も忘れて驚かされてしまう。

私から紫月への愛を感じる、ですって……？　本当に？　でもこの人、敵らしいけれど神様だし、こんなことで嘘をつく必要はないよね？

やっぱり私は紫月のことを、本気で……？

「しかし、こちらとしてはその方が好都合だ。お前らの愛が深ければ深いほど、引き裂きがいがあるというものよ」

「……！」

逃げる間もなかった。それは一瞬だった。

眼前の夜羽の姿が消えたかと思ったら、背後にぞくりとする冷たい気配を感じた。

「さあ、我と共に来るのだ」

背後から羽交い絞めにされた上に耳元でそう囁かれ、私は身震いする。なんて邪悪で憎悪のこもった声なのだろう。

どうして紫月は彼にここまで憎まれているのだろう。あんなに思いやりのある神様が、どうして……。

「嫌だ！　放して！」

私は恐怖を必死に抑え込みながらも、あらん限りの力を出して手足をばたつかせる。

こんな奴に連れていかれてたまるかと、もがく。

だって紫月は心配性だから。私がさらわれたと知ったら、自分の身など顧みずに助けに来るだろう。

私のために、そんなことはさせたくなかった。

「小うるさいじゃじゃ馬め。ちょっと眠っていろ」

苦々しい口調で夜羽がそう言ったかと思うと、一瞬で酷《ひど》い睡魔に襲われて、上瞼と下瞼が強烈な力で引き寄せられる。

どうやら、眠りの術でもかけられたようだ。

眠るまい、と必死に私は目を開けようとするけれど、抵抗適わず視界は暗闇となった。

――紫月。ごめんなさい。

自分の不用意な行動が招いた結果だった。彼に対して深く申し訳ないと思った次の瞬間、私は意識を手放したのだった。

気づいた私がいた空間は、木材の格子で組まれた座敷牢《ろう》の中だった。部屋に明かりはなく、牢の中にある小さな窓だけが、わずかに室内を明るくしてくれていた。

目覚めてからしばらくの間は記憶が少し曖昧だったけれど、すぐに自分の身に何が起こったのかを思い出す私。

――そうだ。紫月を恨んでいるらしい夜羽とかいう山の神に、私さらわれちゃったんだ。

ということは、ここは夜羽の根城ということだろうか。

「気がついたようだな」

「……！」

どこからともなく、声が聞こえてきたかと思ったら、夜羽が格子越しに姿を現した。腕組みをして、座り込んでいる私を見下すように眺めている。

「わ、私をどうする気？　一体なんでこんなことするの！」

なぜ私は彼に狙われているのだろう？　夜羽に恨まれている、と紫月は言っていたけれどふたりの間に一体何があったの？

第一、優しい縁結びの神様である紫月は、誰かから恨みを買うような人じゃないじゃない。

「ふん。お前個人に恨みはない。しかし我はあいつが……紫月が幸せになることが許せないのだよ。だから我は、あいつからお前を奪う。お前はここで一生、死ぬまで暮らすのだ」

「はあ!? 冗談じゃない! 出してよ!」

私は立ち上がって、格子越しに夜羽に詰め寄るようにして言った。

襲われたときは命の危険すら感じていた私だけれど、今の話によるとどうやら幽閉するだけで危害を加えるつもりはないらしい。

だけど、こんな薄暗いところに閉じ込められ続けるなんてまっぴらごめんだ。

すると、夜羽は忌ま忌ましそうに顔を歪めた。

「あいつに似て、無駄に威勢のいい奴だなお前は。話しているだけで腹立たしい。……とにかくひとりでここにいろ」

そう言い捨てると、夜羽は私に背を向ける。

「ちょ、ちょっと! 出してってば! 私があなたに何をしたって言うの? 紫月が心配するじゃないの! 出して! 出せー!」

必死にそう叫ぶ私だったけれど、夜羽は振り返ることなく、下駄の音を響かせながら去って行ってしまった。

「もう、本当に一体なんなの……!」

暗い中ひとり取り残された私は、妙に孤独を感じてぼそりと独り言ちる。

しかしすぐに気を取り直して、なんとか脱出できないかと、格子に手をかけて乱暴に揺らした。

だが、格子は頑丈で、まったく動く気配がなかった。

次は壁側の窓に手をかけてみた。はめ殺しの窓は、もちろん開閉するような取っ手などはなかった。

割ってみようかと考えてみたけれど、二十センチ四方のその窓を破ったところで、脱出は不可能だ。

——まずい。本当に私、ここに一生閉じ込められたままなのかな？

そんな絶望感に襲われながらも、諦めたくない私は必死にそれを打ち消しつつ、格子を揺らしたり窓周辺を観察したりして、必死に脱出の術《すべ》を見つけようとする。

しかし、座敷牢は強固で、女の私が打ち破れるような仕組みにはなっていなかった。

——どうしよう。紫月……。私一体、どうなっちゃうの……？

そのうち疲れ果ててしまった私は、その場に倒れ込んで眠ってしまったのだった。

＊

それは懐かしい夢だった。私が小次郎おじさんに引き取られて、しばらく経った頃……だったと思う。

そうだ。その頃私は、家の近くの潮月神社を遊び場にしていた。

通っていた幼稚園からも近く、友達と集まってかくれんぼや鬼ごっこに興じていたのだ。

――どうして私は、そのことを今まで忘れていたのだろう。

「陽葵ちゃーん！　どこー！」

幼稚園で仲よくしている子の、私を探す声が響く。小柄な私は、かくれんぼが結構得意だった。

その日も神社の社の裏に隠れて、友達の必死そうな声を聞きながらニヤニヤと笑っていた。

しかし、ふと辺りを見回したときだった。

「……狐、さん？」

狐と思《おぼ》しき生き物が、地面に小さく丸まっているのが見えた。思わず私はその生物に近寄る。

やっぱり狐だった。金色の被毛は、キラキラと太陽の光に照らされて美しく輝いている。うっすらと開いていた瞼から覗く瞳は空色で、宝石みたいだなあと思った。

だけど、その美しい獣はとても弱っているようだった。胸を激しく上下させて、弱弱しい呼吸をしていた。

「狐さん、大丈夫？」

かがんで声をかける幼い私。すると、半分しか開いていなかった狐の瞼が、ぱちりと開く。

『……驚いた。人間の娘、俺の姿が見えるのか？』

狐から聞こえてきたのは、驚くことに大人の男性の弱々しい声だった。

しかも、耳から聞こえたのではなく、直接頭の中に響いてきているような、不思議な声だった。

人間の言葉を話す獣とは初めて会ったので、私はとても驚いた。

しかし私が知らないだけで、もしかしてそういう動物もいるのかなあと、幼かったゆえあまり不思議には思わなかった。

私は首を傾げながらも、こう答える。

「えー、普通に見えるけど？」

『……そうか』

丸まったままだったけれど、狐はどこかおかしそうに言った。

「どうして倒れてるの？　具合悪いの？　それともお腹すいた？」

『まあ、いろいろあって弱っている。腹も減っている』

「そうなの？　それじゃ、これあげる！」

私は首から下げていたポシェットの中から、ビニール袋を取り出した。中には、さっき小次郎おじさんと一緒に作った豆腐ドーナツが入っていた。

お店をやっている小次郎おじさんはいつも優しいし、とてもおいしいお菓子を毎日作ってくれる。私は彼が大好きだった。

最近やっと、一緒にお菓子作りができるようになって、彼との暮らしはますます楽しくなってきていた。

狐は少しだけ身を起こすと、私が袋から出して差し出したドーナツの匂いをくんくんと嗅いだ。

『いい匂いだ。しかし、君の分のおやつじゃないのかい？　俺にくれていいのか？』

「私はさっきいっぱい食べたもん。これは、お友達にあげようと思ってたんだ。でも狐さんの方がお腹すいてると思うから、あげるよ」

『……そうか。それならば遠慮なく』

よろよろと立ち上がり、私の手から豆腐ドーナツを食べていく狐。本当にお腹が減っていたのか、すごい勢いで食べていく。

袋の中に三つあったドーナツはあっという間に狐の胃の中に収まってしまった。

『ありがとう。とてもおいしかったよ』

食べて幾分か元気を取り戻したらしい狐は、しっかりと立って、覇気のある声で言った。私はにっこりと笑う。

「小次郎おじさんと私が作ったものだもん！　おいしいに決まってるよ！」

『ほう……。君と大叔父殿は素晴らしいな』

「うん！　お店やってるからね！　いつもお客さんでいっぱいなんだよ」

『では今度、その店にも行かせていただこう』

「ほんと⁉」

喜ぶ私だったけれど、狐がお店に来ても入れないんじゃ……と、不安がよぎった。でもそう言ったら狐ががっかりするような気がしたから、黙っておくことにする。

「ところで、狐さんはなんでそんなに弱っていたの？」

食欲はあったから病気ではないみたいだし、怪我もしていないように見えるけれど。

するとと、狐はしばしの間黙っていたけれど、私をじっと見つめてからこう言った。

『聞いて驚くなよ。実は俺はこの神社の神様なのだ』

「神様？　へー、すごいね」

『……すごいと言う割には、薄い反応だな』

私の言葉が想像していたものと違っていたらしく、狐は呆れたように言った。

神様って確かにすごい人みたいだけど……。アニメとか絵本にもよく出てくるし、そんなに珍しい人ってわけじゃないんでしょ？

幼く物知らずな私は、そう思ってしまったのだった。

『まあ、変に騒がれるよりはそれくらい淡白な方がやりやすくはあるな』

「……？　よくわかんないんだけど、狐さんは何に困ってるの？」

『最近この神社にお参りに来る人間がめっきり減っていてな。神は、参拝客の願いを導くことによって生きながらえている。それで人が来ていないゆえ、俺の力が弱まってきているのだよ』

「へぇ。じゃあこの神社にお参りに来る人が増えれば、狐さんは元気になるってこと？」

『察しがいいな。その通りだ』

狐は感心したように言った。

「じゃあ私がたくさん連れてきてあげるよ！　お友達いっぱいいるから！」

幼稚園にも友達はたくさんいるし、小次郎おじさんのお店に来る人とも結構仲よくしている。きっと、お願いすれば神社に来てくれるはずだ。

しかし狐は、困ったような顔をした。

『むう……。しかし、俺は縁結びの神様なのだよ』

「縁結び……って何？」

『男女を恋人同士にしたり、人生の帰路で大切な人と出会えるようにしたりといった、人と人との繋がりを応援する……といったところだ。君みたいな子供では、まだ恋や人との縁などあまり願わないのではないかな』

確かに私は子供だけれど、なんだか半人前扱いされたような気がしてむっとした。

「失礼ね！　子供は子供なりに恋をしているんだから！」

幼稚園で同じクラスのよっちゃんは、武《たけし》くんのことが好きだって言っているし、真《ま》美《み》ちゃんと雄太《ゆうた》くんは大人になったら結婚しようねって毎日のように言っている。

まあ、私にはそんな相手はいないし、正直まだ恋とかよくわからないけれど。でもそう言ったらますます子供扱いされそうだから、そのことには触れないでおく。

「それに、大人の友達だって多いんだから。幼稚園の先生とか、小次郎おじさんのお店の常連さんとかね」

得意げ私がそう言うと、狐さんは少し笑ったような気がした。狐の顔だから、表情はよくわからないけれど、そう見えたのだ。

『ほう。確かにそれは失礼いたした。それでは、縁結びの願いがある人間に、来てもらうように言ってもらえるかな』

「わかった！」

不思議な美しい狐さんとそんな約束を交わした私。

まずは早速、神社で遊んでいたお友達に呼びかけてご神体の前でお願い事をしてもらった。

今日は女の子ばっかりだったので、みんな好きな人と仲よくしたいと、切実にお願いしていた。

当の私にはそんな願いはないから、祈らなかったけれど。

そして小次郎おじさんのお店では、お客さんたちに潮月神社でお参りするように言って回った。

すると、「そういえば、最近行ってなかったなぁ」とか「息子の結婚相手が見つかりますようにってお祈りしようかしら」なんて、好意的な反応ばかりだった。

それからは、私が遊びに行く度に、神社には参拝客が訪れていた。お友達や幼稚園の先生なんかを何人も引き連れて、神社に行くこともあった。

すると、狐さんはみるみるうちに元気になっていった。私が神社へ行くと、いつも社の陰に行儀よく座っていた。

しかしなぜか、他の人には姿は見えないし声も聞こえないらしい。

私が狐の神様と仲よくなっていることは、なんとなくみんなには秘密にしていた。

動物の神様とお話しているなんて面白い秘密を持っていることは、なんだか私をドキドキさせた。

　ある日、以前にもまして毛づやがよくなり、キリッとした顔つきになった狐さんが、私に向かってこう言った。

『陽葵、君のお陰で俺は昔の力をほぼ取り戻したよ。ありがとう』

「そっか！　よかったよ！」

『やっと人の姿に戻れる』

　そう言った狐の周りに、突然白い煙が沸き上がった。

　煙が収まった後に現れたのは、狐ではなく紺色の浴衣を着た金髪のかっこいい男性だった。

「き、狐さんが人間の男の人になった！」

「もともと神としてはこちらの姿がメインなのだがな。今までは力を失って獣の姿にしかなれなかったのだ」

「ふーん……」

　狐の方がかわいいのになあ、と思ったのは内緒。まあこっちの人間の姿も、髪の毛がキラキラしていてかっこいいし、結構好きだ。

　人間の姿になれば、他の人にも見えるようになるらしく、前に言っていた通り狐さんは小次郎おじさんのお店にちょくちょく来るようになった。

「いやー、ほんとうにいい男だねー、君は。テレビにでも出たらどうだい？」

気さくな小次郎おじさんは、コーヒーとチーズケーキを振る舞いながらも、狐さんに向かって明るく言う。彼が来るといつも、私はなんとなく向かいの席に座った。狐さんに私が懐いているからか、小次郎おじさんも彼のことを好意的に見ているようだった。

「いや。俺には絶対にやめられない別の仕事があるのだ」

「へえ、何をしてるんだい？」

「潮月神社で神職のようなものをちょっと」

本当は神様だけどね、なんてこっそり私は心の中で思う。

「へえ、あそこの神社は無人かと思っていたよ。今度俺にもお参りさせておくれ」

「うむ、是非に。しかし本当にここのチーズケーキはおいしいな」

「おう！　ありがとよ！」

にこやかに話すふたり。小次郎おじさんの喫茶店は、夜はバーに変わる。その時間私はさすがに眠っているのだけれど、狐さんは小次郎おじさんと話すためによく来ていたらしい。

そんな風に、人の姿となった狐さんと不思議な関係になり始めたそんなときだった。

あの日が来たんだ。大きな地震が起こり、海沿いのこの町に大津波が襲いかかってきた、あの日が。

ちょうどそのとき、私は幼稚園から家に向かうための園バスに乗っていた。

後でニュースで聞いた話だと、大津波警報が出ていたから、みんなで高台に避難するのが正解だったらしい。

だけど実際に被害が出るような津波が来るなんて、そのときは誰も思っていなかった。だから、子供はとりあえず家へ帰してしまおうというのが園の判断だったそうだ。

しかしその津波は誰もが想像していなかったほど大きく、海から少し内陸を走っていた園バスにまで届いてしまった。

津波に巻き込まれ、あっさりと水没してしまう私たち。

私も、一緒に乗っていた友達も、先生も、みんな水中で気を失ってしまった。

――しかし、そのときだった。

あの狐が姿を現し、私はうっすらと意識を取り戻した。

小さな狐の姿で園バスの窓から彼は入ってくると、あの金髪の美しい男性の姿に変化した。

そして彼はその手を振り上げる。すると、信じられないことに、園バスは大きなシャボン玉のようなものに覆われて、私は普段のように呼吸ができるようになった。

「君には世話になった。こんなところで死なせるわけにはいかない。それに、ここは俺の大好きな町だ。津波などに壊させやしないさ」

ぼんやりとした意識の中で、狐さんが確かにそう言った。

いつの間にか、彼の隣には黒のロングヘアを靡かせた、優しい笑みを湛えた女性が立っていた。

狐さんととても雰囲気が似ている。この人も、神様の仲間なのかな?

その後、気がついた私がいたのは病院のベッドの上。目を覚ました私を見て、小次郎おじさんは泣いて喜んだ。同乗していた友達や先生は、みんな無事だったそうだ。

そして、さらに不思議なことに。

数十メートルの高さの大津波を受けたのにも関わらず、潮月神社の周囲の町だけは奇跡が起こったかのように被害が少なかった。

隣町は壊滅状態だというのに。みんなは不思議がっていたし、私もどうしてだろうと思った。

——そう。

私はあの狐の神様に関わったことを、津波から生還して目覚めたときにはすべて忘れてしまっていたのだ。

神社で弱っていた狐さんに豆腐ドーナツをあげたことも、その後元気になった彼が人間の姿となったことも。

そして、津波に飲まれそうになった私たちを、彼が助けてくれたことも。

＊

セピア色の過去の記憶が、夢の中で蘇った。

目覚めた私は、もう十九歳。暗く淀《よど》んだ座敷牢の中。

——どうして私は、今の今まであのときのことを忘れていたんだろう。

私は紫月と最近初めて会ったのではなかった。過去にこんなにも深く関わっていたのだ。

あの大津波の後は、紫月が小次郎おじさんのお店に来ることもなかった。小次郎おじさんも、彼とあんなに仲よくしていたというのに、彼の話題を一切出さなくなった。

小次郎おじさんも、紫月のことを忘れていたということかな。

紫月が、大人になった私を助けてくれたのは。きっと、幼い私が彼のお願いを聞いて参拝客を連れてきて、力を取り戻す手伝いをしたからだったんだ。

——まさか、覚えていないのか？

紫月は私を潮月神社に連れていこうとしたときに確かにそう言った。今になって、やっとその意味を私は理解した。

それにしても、津波に飲まれたバスの中で、紫月と一緒にいた女性は誰なんだろう？

彼女とは、あのとき初めて会った気がする。現在の従者の中にも彼女の姿はないし……。

紫月と同じように、神秘的な雰囲気を纏っていた。もしかして、あの人も神様なんだろうか？

そんなことをひとりで考えていたとき、下駄を鳴らす音が聞こえてきて、私は身構える。

「やっと目覚めたか、緊張感のない娘だな。こんなところで何時間も眠りこけるとは。あいつに似て嫁も神経が図太いな」

夜羽が格子越しに姿を現した。

し、神経が図太いって。まあ確かに紫月は周囲を気にしないマイペースさはあるけれど、私は違うってば。……たぶん。

なんて、心外だったので私は心の中でこっそり反論する。……いや、そんなことをしている場合じゃなかった。

「な、何か用なの!?」

「いいことを教えに来たのに、なんだその言い草は。お前の夫がこちらに向かっているのだよ。愛する妻を助けに来たというわけか」

「えっ！　紫月が!?」

——来てくれたんだ、紫月。

幼い私が参拝客を連れてきて彼の力を取り戻す手伝いをしたことで、小次郎おじさんを亡くしてひとりきりで困っていた私を律義に助けに来てくれて。

それなのに何も覚えていない私は嫁になんてならないって言ってしまったのに、それでもそばに置いてくれて。

なんて紫月は優しいのだろう。

私が心の中で彼に対する切ない気持ちを抱いていたら、夜羽は「ふん」と小馬鹿にしたかのように鼻を鳴らした。

「助けに来るなど、無駄なことを。あいつにはほとんどもう力は残っていないというのに。十年以上もおとなしくしていたためか、最近少しは戻っていたようだが。しかし一度でも大きな力を使ったら、あっさりと息絶えるだろうな」

「力が残っていない……？　息絶えるですって……!?　どうして……！」

信じられないことを夜羽に言われて、思わずかすれた声で私は問う。夜羽は私を見下ろしながら、ほくそ笑む。

「十数年前の大津波のときだ。あいつは町を救うために、力のほとんどを使ってしまったのだよ。ろくに参拝にも訪れない人間などを救うために身を削るなど、本当に間抜けな奴だな」

「なんですって……！」

「それまではたまに来る参拝客でなんとか自分を保っていたようだが。津波の後のあいつは、消滅してもおかしくないくらい弱っていたな。人間に存在を忘れ去られてしまうほどに。今思えば、あのときにとどめを刺すべきだった。……しかしあのときは我も、気が動転していたからな」

夜羽がなぜ気が動転していたのかはわからないけれど、そんなことはどうだってよかった。

紫月は私を……私たちを助けるために、力を使い切ってしまったということ？　そのせいで、私や小次郎おじさんは、彼のことを忘れてしまったということ？

そんな……。私たち人間のために、紫月は自分の身を犠牲にしていたっていうの？

すぐにからかうようなことを言ってくるし、食いしん坊だし、見かけによらず子供っぽいところもある紫月。自分がそんな大変な目に遭っていたなんて、おくびにも出さない人。

――なんでよ。そんなこと、全然知らなかったよ。ちゃんと言ってよ、紫月。私、それを知っていたら……。

「本当に馬鹿だなあ、あいつは。助けたところで忘れ去られ、感謝する人間など皆無だったというのに。本当に馬鹿だ。……あいつも、月湖《つきこ》も」

「月湖……？」

突然出てきた初めて聞く名前に、思わず首を傾げて復唱してしまう私。

一体誰のことなんだろう？　もしかして、バスの中で紫月と一緒にいたきれいな女性だろうか？

そして、その「月湖」という名を夜羽が声に出した瞬間。ずっと冷笑を浮かべていた彼の顔が、一瞬切なく歪んだように思えたのが、気になった。

そんな風に、私が夜羽の言動に少し戸惑っているときだった。

「人の婚約者をさらうとは。相変わらず悪趣味だなあ、夜羽は」

室内に、その声は響いた。透き通っているけれどどこか親しみやすい、美しい男性の声が。

そう、紫月の……私の神様の、あの声。

「紫月！」

格子を手で握りしめながら、私は彼に近寄る。紫月は限界まで近づくと、私の手に触れてこう言った。

「危ない目に遭わせてすまない、陽葵。……俺がもっと気をつけるべきだった」

「ううん……！　私が、私が勝手に鳥居の外に出たから……ごめんなさい！」

「謝ることはないさ。そもそも夜羽に陽葵が襲われるのは、俺のせいだからな」

「紫月……」

ああ、なんて安心する声と、表情なのだろう。まだ私は牢屋の中にいるというのに、紫月が来てくれたというだけで、ざわついていた心が穏やかになっていく。

——やっぱり、私。私、紫月のこと。

そんな風に自分の紫月への想いを噛みしめていると、紫月の横に立っていた夜羽が憎々しげにこう叫んだ。

「我の前で嫁と感動の再会を楽しむとは……いい身分だな、紫月！　人の恋人を犠牲にして生きながらえたお前が！」

「えっ……!?」

人の恋人を犠牲にって……一体どういうこと？

もしかして、さっき夜羽が言っていた月湖って人が、彼の恋人ってことかな？　私が津波に飲まれた園バスの中で見た女性のこと？

紫月が彼女を犠牲にして生きながらえたって……。彼女の姿を神社の中で私は見たことがないし、やっぱり彼女はもうこの世にいないということだよね？

「……何度も説明したはずだ。最初は、俺が自分の命を犠牲にしてこの町を守るつもりだったのだ。しかし、神の補佐役であった月湖が、『あなたはこの町をこれからも守らなければなりません』と申して、俺を差し置いて……」

興奮した様子の夜羽に向かって、紫月が静かに言った。

――そっか、そういうことだったんだ。月湖さんは、神様である紫月を守るために、自分の命と引き換えにこの町を守ってくれたってことなんだ。

紫月が力のほとんどを失い、神の補佐役の月湖さんの命まで奪ってしまった、あの大津波。本当に甚大な災害だったんだ。

「黙れ黙れっ！　我と月湖はあのとき祝言間近だったのだぞ！」

髪を振り乱して、夜羽は必死に紫月の言葉を否定する。しかし紫月は彼を静かに見つめながら、こう言った。

「俺の立場からは申し訳ないとしか、言えないが……。夜羽も、本当はわかっているだろう。月湖はとても優しい女だった。自分の身など顧みずに、人間たちの幸せを願うような、慈悲深い人格を持っていただろう？」

きっと、紫月の言っている通りだと思う。

紫月だって、自分のために月湖さんが犠牲になるのは本意ではなかったはずだ。だって、彼は心優しく、広大な心を持っている。私は身をもってそれを知っているのだ。

きっと月湖さんは、そんな紫月を心から慕っていたのだ。

だから、津波の後も神様として紫月にこの町を守ってもらいたかったんだ。たとえ、自分の命がどうなろうとも。

「うるさいっ！　戯《ざ》れ言《ごと》をっ！」

夜羽は、唇を噛みしめて、鬼気迫る表情を紫月にぶつける。憎悪に満ちた、ぎらついた瞳は、私の背筋をぞくりと凍らせる。

もしかして彼は、自分の恋人を失ったことによる行き場のない悲しみを、紫月を憎むことによって紛らわせているのかもしれない。

月湖さんのことを、心から愛していたんだろう。だからこそ、紫月のことが憎くてたまらないんだ。

「……嫁の方をお前から取り上げようと思っていたが。もうお前の存在自体が気に食わなくなった。お前の方を消してやるっ！」

夜羽はそう叫ぶと、紫月に向かって黒い炎のようなものを放出した。

紫月は腕を光らせて構え、それを防ぐけれど、それだけで彼の顔色は一気に悪くなってしまった。

本当にもう、紫月には力が残っていないんだ。このままじゃ、本当に彼が消えちゃう！

「やめて！　やめてよっ！　お願いだから！」

格子を乱暴に揺らしながら、私は悲痛の声を上げる。しかし夜羽は、攻撃の手をまったく緩めない。次々と黒い炎の刃《やいば》が、紫月に襲いかかる。

紫月の方は一切攻撃せず、しばらくの間それを神通力で防いでいたようだったけれど、ついにその場で膝をついてしまった。

「ふん。もうここまでのようだな、紫月。お前の存在は、もうすぐ消滅する。お前の力によって命を吹き込まれた、あの神社の従者どももな。神のいなくなった神社は、人々にもそのうち忘れ去られるだろう」

「そんな……！」

紫月も、千代丸くんも、琥珀くんも、消えてしまうの？　神社のことも、みんな忘れてしまうの？あんなに穏やかで、優しくて、幸せな空間を？

紫月の私をからかう姿が、千代丸くんのかわいらしい笑顔が、琥珀くんの優しい顔が、脳裏に次々と蘇っていく。

――嫌だ、嫌だよ！

やっと気づいたのに。私は……私は。

あなたのことを、心から好きになってしまっていたって。

「紫月！　消えないで！　消えちゃだめ！　私、私……紫月のことといつの間にか好きになっていたの！　あなたのこと、大好きになっていたの！　私、あなたと結婚したいの！　だから、消えないで！　お願い！」

泣きながら、私は必死にそう叫ぶ。ありったけの想いを込めて、全身全霊で。

すると紫月は膝をついたまま、ふっと口元を緩ませた。力のない笑みだった。

「……それが聞けたら、もう思い残すことはないな」

脆弱《ぜいじゃく》な声で、笑みを浮かべたまま紫月が言う。涙で滲んでしまって、彼の顔が私にははっきりと見えなかった。

「ありがとう陽葵。……愛しているよ」

私の方を向いて、彼は優しい笑みを浮かべた。私は息が詰まって、何も言えなかった。言いたいことはたくさんあるのに、嗚咽《おえつ》だけが漏れていく。

すると紫月は、ゆっくりと近づいてくる夜羽の方に向き直り、落ち着いた声でこう言った。

「……もう陽葵は解放してやってくれ。構わないよな？」

「ああ。お前さえ消せれば、この女には特に興味はない。人間の世界に帰してやるさ」

「そうか。感謝するぞ、夜羽」

――それが、紫月の最後の言葉だった。

夜羽が紫月に、黒い炎を正面から浴びせる。私は愛しい彼の名前を絶叫したけれど、炎が収まった後、彼の姿はそこにはなかった。

……そう、何もなかったのだ。そこにはもう、縁結びの優しい神様の存在は、跡形もなく消え去っていたのだった。

私が大好きになった人は、完全に消滅してしまった。

すべての始まりは豆腐ドーナツから

「ご宿泊、延長なさいますか？」

広縁のいすに身を投げるように腰掛けていた私に向かって、部屋の清掃に訪れた仲居さんがにこやかに言う。

どこにも行くあてがなく、とりあえず一泊の予定で私が宿泊したのは、潮月神社近くの古びた旅館。

年季は入っているけれど手入れの行き届いたきれいな和の空間だった。窓からは海も望め、時折穏やかな波音も聞こえてくる。

また、全然使用する気にはなれなかったが、部屋の隅に小さなキッチンが付いているという、珍しい部屋だった。

だけど一晩その静かな空間にいても、落ちた自分の気持ちは少しも上を向かず、動く気力のない私は延泊をお願いしたのだった。

そしてその二泊目も、チェックアウトの時間が迫っていた。

旅館の人は私を訳ありの人だと思っているのかもしれないが、こういった客には慣れているのだろう。出された食事を半分以上残す私に対して、にこやかに接してくれている。

「あ……。お願いします」

「かしこまりました」

丁寧にお辞儀をしながらそう言うと、仲居さんは部屋を去っていった。

部屋にひとりきりになり、静寂が場を支配すると、深い喪失感が私を襲った。仲居さんがいたときは、幾分か気が紛れていたようだ。

だけどこの陰鬱な気持ちは、誰が何をしようと消えることはないだろう。

しばらくぼんやりしてから、私はふらふらとした足取りで旅館を出た。そして、ここ三日間で唯一赴いている場所へと足を運ぶ。

海岸近くに生い茂る、防潮林の奥。まるで意図的に隠されたかのような場所にある、人々に忘れられた神の住処《すみか》。

——三日前まで、私が楽しく和やかな時を過ごした、あの潮月神社だ。

神を失った神社は、本当に誰もが忘却していた。

宿泊している旅館は神社にほど近いというのに、何人かの従業員に尋ねても「この辺に神社なんてありましたっけ？」と皆口をそろえて言う。

また、最近やたらとパトカーや救急車のサイレンが聞こえてくる。旅館にも泥棒が入ったと、昨日は館内が慌ただしかった。

なぜこんな田舎町が急に殺伐とした場所になってしまったのか——。

確かなことはわからないけれど、きっとこの町を見守っていた紫月が消えてしまったからだろうと私は思う。

人と人との優しい縁を結ぶ守り神の不在は、人間たちに余裕を失わせてしまったんじゃないだろうか。

十分ほどトボトボ歩くと、見覚えのある赤茶けた鳥居が見えてきた。

――私は、どうしても諦められなかった。

古びた賽銭箱の中に五円を投げ入れ、二礼二拍手したのち、手を合わせる。

「紫月……」

彼の名前をつぶやいたら、涙が出そうになった。

紫月にからかわれて赤くなり、千代丸くんや琥珀くんも一緒に、私の作るおやつを笑いながら食べたあの日々は、幻だったのだろうか。

紫月の神通力が見せていた立派な屋敷とはかけ離れた今の潮月神社の姿を見ると、そんな気すらしてくる。

あの幸せな時間は、身寄りをなくした私が思い描いた、妄想だったんじゃないかって。

――いや。でも確かに、あの日々は存在した。その証《あかし》は、残っていた。

紫月が夜羽によって消されたあの後。気づいたら私はこの潮月神社の鳥居の下で倒れていた。

そんな私の傍らには、「甘味係　給与」と表に書かれたぶ厚い封筒が落ちていた。

そしてその中には、あの楽しい労働には決して見合わない、数か月はひとりで暮らせるような札束が入っていたのだった。

驚愕すると同時に、神様の金銭感覚のなさに少しだけ呆れた。

そしてその封筒の存在によって、私があの場所でおやつを作っていた日々が確かに存在したことを実感したんだ。

相変わらず行くあてもない私は、そのお金でとりあえず近くの旅館に身を寄せることにした。必要最低限の衣類や生活用品を購入するのにも、ありがたく使わせてもらった。

それでもお金は大量に残っていたけれど、それ以上何かに使う気にはまったくなれなかった。

「……また来るね、紫月。……千代丸くん、琥珀くん」

無理やり笑顔を作ってそう言うも、当然何も返事はない。少し遠くに聞こえる波音と、林を揺らす海風の音が聞こえてくるだけ。

——ねえ。私一体、これからどうしたらいいのかな？

ここ三日間毎日のことだけど、性懲りもなく私は肩を落として、時が止まった潮月神社を後にした。

神社から旅館への帰り道、町が少し騒がしいことに気づいた。海岸近くに近年作られた公園の脇を通ると、人が集まっているのが見える。

——そっか。今日は……あの日だったんだ。

私が幼かった、十三年前の今日。地震によって発生した大津波に、街中は飲まれた。紫月と月湖さんの力で被害は最小限に抑えられたはずだけど、不運にも命を落とした人や、住んでいた家を失った人は少数ながらも存在した。

毎年この日は、あの災害によって犠牲になった人のための、慰霊祭が行われる。津波の発生時刻に合わせた黙とうも。

式典が行われている公園を通り過ぎようとしたとき、ちょうどそのタイミングだったようで「黙とう！」という張りつめた声が聞こえてきた。しん、と静まり返る公園内。

私も反射的にその場に立ち止まり、目を閉じて祈りを捧げた。

——あの日、紫月がいなければ。私もきっとあの津波に飲まれて、命を落としていただろう。

紫月がいたから、今の私はここにいる。

閉じた瞼の中で、彼が笑いながら私に調子のいいことを言ってくる光景、作ったおやつをおいしそうに食べる顔、私が病に倒れたときに心配そうにしている様子なんかが、次々と蘇ってきた。

――すると、ふとお菓子を作りたくなった。

キッチン付きの部屋に宿泊していたが、私は甘味はおろか自分の食事すら調理を放棄していた。

お菓子を作ったところでおいしそうに食べる紫月や千代丸くん、琥珀くんはいないし、食欲なんてほとんどない自分の状態では、包丁やまな板を触る気なんてまったく起きなかったんだ。

だけど今突然、「おいしいお菓子を作りたい」という気分になった。

どうしてかは、はっきりとはわからない。慰霊祭での黙とうで、紫月に抱いていた想いが深くなったのかもしれない。

作るのは……豆腐ドーナツにしよう。私が初めて紫月に出会ったその日に、彼に食べてもらったあのお菓子。

なんとなく、あれしかないだろうと思った。

私はスーパーに寄り道し、強力粉、豆腐、ベーキングパウダーと、豆腐ドーナツを作るのに必要な材料を、次々と買い物かごに放り込んでいく。

そして買い物を終えてから、駆け足で旅館へと戻ったんだ。

豆腐ドーナツを作るのは久しぶりだったけれど、分量もきっちりと覚えていたし、手順を迷うこともなかった。

小次郎おじさんと一緒にいた頃何度も作っていたためだろう。

また、部屋のキッチンは、小さいけれどひと通り道具がそろっていたのも助かった。

揚げたてでグラニュー糖をまぶした穴の開いた豆腐ドーナツを、ひと口齧る。もっちりとした食感に、優しい豆腐の風味が口の中いっぱいに広がった。

――すると。

『陽葵』

頭の中で、紫月の私を呼ぶ声が鮮明に蘇った。彼と結びつく間接的な原因となったこのお菓子が、私の中の彼を呼び起こしたのだと思う。

その瞬間、涙が一気に溢れ出てきた。思えば、ここ三日間まともに泣いていなかった。空っぽになってしまった私は、泣くような気力すらなかったんだ。

紫月に……。紫月に、これを持って行かなくちゃ。千代丸くんや琥珀くんにも！

思い立った私は、豆腐ドーナツをビニール袋に詰めて、飛び出すように旅館を出た。

そして全速力で走って、木々に隠された潮月神社へと向かった。

神社へとたどり着くと、久しぶりに本気で走ったせいか、どっと疲れを感じた。

私はしばらくの間鳥居の下で肩で息をして呼吸を整えると、ゆっくりと社へ向かった。

「……紫月。紫月！　千代丸くん！　琥珀くん！」

豆腐ドーナツを抱えながら、私は優しかったあの人たちの名を叫ぶ。

「ほら！　みんなの好きな豆腐ドーナツだよ！　お菓子だよ！　ねえ、一緒に食べようよ！」

そう声をかけるけれど、やはり何も返答はない。

「私参拝に来たんだよ！　参拝客が来れば、紫月の力が戻るんでしょ⁉」

すでに消滅しているらしい紫月の力が、そんなことで戻るわけはない。無駄だとわかっていても、私はそう叫ばずにはいられなかった。

「ねえ！　紫月は縁結びの神様なんでしょ！　人と人の縁を結ぶように、道を示してくれるんでしょ？　ねえ、だったら……だったら、私と紫月の縁を結んでよっ！」

やけくそになりながら、私はそう絶叫する。

──紫月。ねえ、会いたいよ。あなたのこと、好きになっちゃったんだよ。こんな気持ちにさせておいて、急に消えるとかあり得ないんだけど。……ねえ。ねえってば。

私は堪え切れなくなって、その場にしゃがみ込み、涙を流す。「紫月、紫月……」と愛しいあの人の名前を呼びながら、嗚咽を漏らす。

本当にもう会えないの？　あなたの存在は消えてしまったの……？

世界中のすべての人があなたのことを忘れたとしても、私は覚えているのに。

だからねえ紫月。もう一度……。

「……陽葵さん、ですね」

打ちひしがれてしゃがみこんでいたとき、間近から声が聞こえてきた。ハッとして顔を上げると、そこには――。

「あなたは……？」

手足が長く、純白の被毛をキラキラと神秘的に輝かせた、美しい白猫の姿があった。

白猫は私の眼前で、ちょこんと行儀よく座っていた。

「私は月湖。紫月さまの補佐役だったものです」

「えっ……！」

驚きの声を私は漏らす。

この白猫が、あの大津波のときに身を挺《てい》して私や町を守ってくれた、月湖さん？

夜羽の恋人で、彼が紫月を恨むきっかけとなった人っていうこと？

――でも。

「あなたは、もう亡くなってしまったはずでは……？」

紫月や夜羽の話によるとそうだったはず。彼女はこの町の神様である紫月を生かすために、自分が犠牲になったはずだ。

すると月湖さんは、目を細めた。

「ええ……。その通りです。私はもうこの世のものではありません」

静かに月湖さんは言う。確かによく見ると、全身がほんのりと透けていた。

「つまり……幽霊ってことですか？」

「まあ、そんなところです。ですが、私はすでに成仏をしていて、普段魂は天界にいるのです。今日はほんの少しの時間だけ、現世に戻ることができたのです」

つまり、拓斗くんのようにずっとこの世にとどまっていたわけではないらしい。でもそんなことができるのなら、なんで今まで現れなかったのだろう。

あなたの恋人が暴走し、あなたが守ろうとした紫月が、消されてしまったというのに。

「今日は私が消滅したときから十三年目の日。そういった節目の日は、天界と人間界の道が繋がりやすくなるのです」

私の疑問を察したのか、月湖さんはそう説明した。ということは、今日だけ限定で月湖さんはここに現れているってことなんだ。

「でも、私が現世に現れることができたのは、時節が理由だけではありません。……あなたですよ、陽葵さん」

「私……？」

「あなたが心を込めて作られたお供え物を持って、神社で強く祈ってくださったから……。紫月さまに会いたいと、懇願してくれたから……。私の魂がそれに反応して、天界から降りることができたのです」

「私のお菓子と、祈りが……」

ドーナツの入ったビニール袋を持つ手が、嬉しさで震えた。

――無駄じゃなかった。私が豆腐ドーナツを心を込めて作って、潮月神社で必死に祈ったのは、無駄じゃなかったんだ。たったひとりで抱えていた絶望に、月湖さんが反応してくれた。

それだけで嬉し涙が溢れそうになる。――だけど。

紫月はもうこの世にいない。そのことはやっぱり変わらない。

私は俯いて、こう言った。

「……月湖さん。紫月はもう、消えてしまったんですか？」

「完全に消えたわけではありません」

月湖さんはきっぱりと、断言するように言った。一瞬意味がわからず、私は虚を衝かれる。

完全に消えたわけじゃない……？　紫月が……!?

「ど、どういうことですか!?」

思わず月湖さんに詰め寄ってしまう私。彼女はそんな私の様子に戸惑うこともなく、静かにこう続けた。

「あなたが紫月さまのことを想い続けていてくれたからです。神様は、誰かに慕われていれば消えることはありません。それがたとえ、たったひとりでも」

「私が……？」

「ええ。夜羽も、そこまであなたの愛が深いとはわかっていなかったのでしょうね。十三年も前に命を落とした私のことをいまだに愛しているくせに、なぜそれがわからないのでしょうか。……まあ、今のあの人は憎悪の塊なので仕方のないことかもしれませんが」

夜羽の話をしているときの月湖さんは、どこか苛立《いらだ》っているような、しかし悲しんでいるような、難しい表情をしているように見えた。

――それはさておき。

私が、ずっと想い続けていたから紫月は完全に消えていないって？　もしそれが本当だとしたら嬉しいけれど、俄かには信じられなかった。

「でも消えていないのなら、なぜ姿を見せてくれないのですか……？」

彼が夜羽に消されてから一度も、紫月の姿はおろか気配だって一切私は感じていない。

彼は私を愛してくれていた……とは思う。彼の私に対する態度から考えると、きっとうぬぼれではないだろう。

「見せたくても見せられないのですよ。あの人の命は本来ならもう消えてもおかしくなかった。だけどあなたの強い気持ちで、かろうじて生きながらえているのです。しかしすでに風前の灯《ともしび》。そんな状態では、いくら神様でも姿を具現化することはできません」

そう言えば、初めて会ったときも紫月は狐の姿で弱っていて、少し力を取り戻したときにようやく人になっていたっけ。

今は狐の姿にすらなれないくらい、弱っているということみたいだ。

月湖さんは遠い目をして虚空を眺めると、さらにこう続けた。

「……もしかすると、私を犠牲にしてしまったことへの後悔や、夜羽に対する懺悔《ざんげ》の気持なんかがあって、本人が後ろ向きになっているせいもあるかもしれませんけどね。昔から、変に優しい人ですから」

「あ……」

そう、月湖さんの言う通りだ。

いきなり私の前に現れて、結婚するなんてわけのわからないことを言って、私の気持ちなんてお構いなしに迫ってきて、でも食いしん坊で子供っぽいかわいいところもあって、そして——。

いつもどんなときでも、優しい人。

「だいたいの事情はわかりました。紫月は完全には消えたわけじゃない。でも姿を見せるのは難しい。——でもあなたは、私にそんなことだけを言いに来たわけではないですよね」

きっと、どうにかする方法があるんだ。紫月を元のように、潮月神社の神様として蘇らせる方法が。

月湖さんは、私にそれを伝えるために、わざわざ天界から私の元へやってきたんだ。

月湖さんは静かに微笑んだ。

「さすが、紫月さまが妻に選んだ女性ですね。お察しがよろしいですわ」

「それで、一体どうしたらよいのでしょう……？」

私は彼が消えてからも、一瞬たりとも紫月のことを忘れていない。常にずっと彼を求めていた。

潮月神社で過ごした短いけれど濃密で優しい時間を、また一緒に味わいたいと、私は願い続けていた。

でもそれだけ強く祈っても、紫月の消えそうな命をかろうじて繋ぐことしかできていない。

紫月の力を取り戻すためには、それだけでは足りないということだ。

「紫月さまを復活させるためには、夜羽を憎しみから解き放つ必要があると思います」

「夜羽を？」

「はい。紫月さまの力は、あの人の憎悪によって奪われてしまった。今も紫月さまの魂は、あの人の負の感情に囚われてしまっています。だから、その根本を断つのです。そうすればきっと、紫月さまはあなたの想いを今以上に感じ、蘇ることができる……かもしれません」

言葉の最後は、少し自信がなさそうだった。

「かもしれない……ですか」

「申し訳ないですが、断言はできません。本当に紫月さまの命は今にも消えそうですから。もう何をしても蘇ることはできない可能性だってあります。――それにあなたの想いの強さが、紫月さまを蘇らせるに十分かどうかも、私にはわかりかねます」

「それは大丈夫です」

私は不敵に笑って言ってみせた。紫月が消える直前に気づいた、彼への深い気持ち。それは彼が消えてしまった間に減るどころか、会えない切なさでさらに大きくなっていると実感している。

すると月湖さんは、私に微笑み返した。

「頼もしいですね。……紫月さまに似たその笑み、とても心強いです。夜羽のところへは、私も一緒に参りましょう」

「本当ですか⁉」

正直、夜羽は私の説得じゃまったく聞く耳もたないだろうから、どうしようかなあと思っていた。

彼が愛していた月湖さんも一緒なら、百人力だ。

「私も、愛した人がやさぐれているのは気分が悪いですから。まったくしょうがない人です。まあ、彼は私にベタ惚れでしたから、お力になれると思います」

やれやれと、ため息交じりに月湖さんは言う。

月湖さん、意外に強そうな女性だ……。夜羽ってああ見えて尻に敷かれるタイプなのかもしれない。

「ありがとうございます、月湖さん」

「とんでもないです。こちらこそ、紫月さまを想い続けてくださって、本当に感謝しかありません。――では、参りましょう」

「はい！」

こうして私たちは、連れ立って夜羽が祀られている山の中の神社を目指した。海とは反対方向にある、木々の生い茂る山々の中へと。

自然豊かなこの山は、登山道も整備され、山菜目当ての人もよく立ち入ると聞いたことがある。

しかし、用がなければ地元の人はほとんど入ることのない、深い森に包まれた山だ。

私も幼い頃に遠足で山道を登ったくらいで、それから立ち入った記憶はない。

月湖さんの話によると、夜羽の神社はまったく人目につかない森の奥に佇んでいるそうだ。

紫月の場合と違って、山の神は山そのものが大事にされていれば、直接神社に参拝客がいなくても力が衰えることはないらしい。

月湖さんと山の中を歩くこと数時間。本当に木々の間に隠れるように、その美しい神社は鎮座していた。

紅色の鳥居はつやつやと輝きを放っており、黒を基調とした社は汚れひとつなく、最近建築されたかのように真新しい。

廃墟《はいきょ》のような潮月神社とは、天と地ほどの差があるように見えた。

これが、力を持った神の社なんだ……。思わず鳥居の前で、私は唖然《あぜん》としてしまう。

「……では、参りましょう」

「はい」

月湖さんに促されて、彼女とほぼ同時に鳥居をくぐる私。彼女の話だと、鳥居をくぐった瞬間、夜羽には存在を感知されるらしい。

いきなり襲われやしないかと不安になった私は尻込みしそうになってしまったけれど、「私がいるからきっと大丈夫です」という月湖さんの言葉を信じて、私は一歩踏み出したのだった。

——すると。

「月……湖……？」

すぐに彼は現れた。私の隣にいる白猫を、呆然とした面持ちで見つめながら。

「……そうです。月湖です」

そんな夜羽を見つめ返しながら、月湖さんは表情を変えずに言う。すると彼はそんな彼女に駆け寄り、その場でしなしなとへたり込んだ。

「もう二度と……もう二度と、会えないかと……！　月湖、月湖……！」

涙を流しながら、恋人の名を呼ぶ夜羽の姿を見て、心が締め付けられる私。

今の彼からは、紫月や私に放っていた禍々しい気配は、微塵《みじん》も感じられなかった。

月湖さんとの思わぬ邂逅《かいこう》に、ただ感動している男がひとりいるだけだった。

「……しかしお前は、すぐに消えてしまうようだね」

悲しそうに微笑みながら言った夜羽の言葉に、月湖さんは「ええ」と頷く。

やはり神様だからか、月湖さんが期間限定でこの世に戻ってきていることは、夜羽はすぐに察したようだった。

「私、ただあなたに会いに来たわけではないの。……紫月さまのことで」

月湖さんにそう言われると、夜羽は一瞬で険しい面持ちになり、今日初めて私の方を見た。冷たい視線を一瞬浴びせると、すぐに目を逸らしたけれど。

「あの男は……お前を犠牲にした。我が生涯ただひとり愛したお前を」

「違うわ。あなたも本当はわかっているでしょう？　私は町を津波から守るために、自らこの身を差し出したのよ。この町は、あの人を必要としている。だってあの人は、この町の人々の縁を結ぶ神様なのだから」

「……………」

月湖さんに諭された夜羽は、歯がゆそうな顔をして下を向く。

「……では我はどうすればいいのだ。お前のいないこの寂しさを、辛さを……。どこに向ければいいのだ。あいつが悪くないことくらい、とうの昔にわかっていたさ。だがあいつを憎むことで、我は自分を保っていたのだ……！」

絞り出すような夜羽の言葉が、私の胸に深く突き刺さった。

十三年前に月湖さんを失った彼からしてみたら、私が味わったのはたった三日間という短い期間だ。

だけどその三日間だけでも、深い孤独と絶望に苛《さいな》まれ、気がおかしくなりそうだった。夜羽の心の痛みは、私の想像を絶するだろう。

会いたくて会いたくてたまらないのに、もうその願いは叶わない。このやり場のない辛さを、どう解消すればいいのかわからない。

夜羽の吐露した気持ちが、まるで自分の言葉のように感じられたのだった。

「私は……。あなたに許してなんて言えません」

震える声で私は夜羽に向かって言った。夜羽はハッとしたような顔をして私を見る。月湖さんは、静かな瞳で私を見つめた。

「あなたもわかっている通り、月湖さんが命を落としたのは紫月のせいではありません。……でも、きっかけではあります。あなたが紫月を憎む気持ちもわかるんです。私も、紫月を失って、寂しさで潰されそうでしたから」

夜羽は口を引き結んで、私の話を聞いていた。

「でも、紫月はこの町を守る神様なんです。参拝者が少なくたって、あの人は静かに優しくこの町を見守ってくれていた。……町では最近、犯罪の件数が増えています。きっと、紫月が人と人との縁を結んでいないから……」

パトカーや消防車のサイレンが、ここ三日間ひっきりなしに聞こえてくるようになった。

「紫月は町に必要なんです。……あなたが望むのなら、私はもう一生紫月に会いません。それならば、あなたの辛い気持ちも少しは晴れるのではないでしょうか。紫月もあなたと同様に、愛する人を失うことになるのですから」

断腸の思いだった。本当は会いたくて会いたくてたまらない。私の手作りおやつを囲んで、彼と他愛のない話をするあの幸せなひとときを、味わいたくてたまらない。だけど夜羽の紫月に対する憎悪を鎮めるためには、もうこれしか思いつかなかった。

――私の知らないところで、千代丸くんや琥珀くん、他の従者と一緒に幸せに過ごしてくれればもうそれでいい。

たとえ離れ離れになってしまっても、大好きな人が穏やかに生きてくれればそれでいいんだ。

これからの私は、私を愛してくれた人がいたという幸せな過去を噛みしめて、踏ん張って生きていこう。

「なんだと……」

信じがたい、という顔をして夜羽は私を見据える。その傍らで月湖さんは、目を細めて彼を見ていた。

そしてしばらくしてから、夜羽は自嘲的な笑みを零した。

「はは……。我ひとり、馬鹿みたいではないか。神の分際で人間より狭量な心しか持ち合わせていないなど、情けないとしか言えぬ」

「本当にそうです。あなたはいつもいつも嫉妬深くて、心配性で。あなたの愛が重いとうっとうしく思ったことは、一度や二度じゃないですからね」

月湖さんのその言葉に一瞬驚く私だったが、彼女の表情を見て少し笑ってしまった。ジト目で夜羽を見ていたけれど、口元には笑みが零れている。それは心の通じ合った人に対してのみできる、からかいだったのだ。

夜羽は顔を引きつらせる。

「相変わらず辛辣だな、月湖は」

「そりゃ、辛辣にもなりますよ。人さまにこんなに迷惑をかけておいて。さ、もういいでしょう？　紫月さまと陽葵さんをお許しになってください」

「……………」

夜羽は口を噤《つぐ》むと、私の方に視線を合わせた。どこか気まずそうな、罰の悪そうな顔をして。

「あの馬鹿に、いつまで寝ているんだと言ってこい。お前が今手に持っている、あいつの大好きな甘味を持ってな」

「……！」

しばらくの間、驚きで声も出なかった。憎悪の塊である印象しかなかった夜羽から、どこか優しい気配が滲み出ている。消えない悲しみを抱えているはずなのに、私たちを解放しようとしてくれている。

月湖さんがいてくれたおかげだ。

夜羽は彼女への愛が深いあまり、彼女を失った悲哀で我を忘れていただけだったのだと改めて思わされる。

「ありがとう……ありがとうございます」

嬉しすぎて、涙を堪えながら私は言う。月湖さんはゆっくりと頭を振った。

「あなたがお礼を言う必要はありません」

「……すまなかったな」

月湖さんの言葉に乗せるように、小声でぼそりと夜羽が言った。夜羽が神様としての慈悲深い心を取り戻してよかった、と安心する私。

「しかし我が言うのも何だが、あいつが神として復活してもお前と再会するのは難しいかもしれぬ。高位の神ならば人間の前に姿を現すことなど造作もないことだが、そのためにはそれなりの力を使うからな。……一度力を失ったあいつが果たしてお前に姿を見せるほどまで、すぐに回復するかどうか」

夜羽がどこか申し訳なさそうに言った。

「そう……なんですか」

その言葉がショックじゃないと言ったら嘘になる。

だけど私はさっき決断した通り、紫月があの場所で穏やかに暮らしてくれるなら、それ以上のことはないと本気で思っている。

たとえ自分が、もう二度と彼に会えないとしても。

「確かに夜羽の言う通りです。――ですが」

月湖さんがまっすぐに私を見つめながら、強い口調で言った。そしてさらにこう続ける。

「紫月が本当にあなたを愛しているのなら、その想いが彼の力になるはずです。……そうすれば、きっと」

彼女のその言葉が、なんと頼もしかったことか。私の胸の内に、大きな希望が生まれた。

「はい……！」

私は涙ぐみながらも微笑む。

――すると。

月湖さんの全身が、出会ったときよりも透明になっていることに気づき、ハッとする。

「月湖さん……。もしかして、もう」

「ええ、そろそろ私は天界に戻らなければなりません」

夜羽はそのことをとっくに理解していたようで、特に驚いた様子はなかった。目を細めて、すでにこの世のものではない恋人を見つめる。

「――我がいつか、神としての役目を終えてお前の元へ行ったら。また、一緒にいてくれるか？」

少し間を置いてから、ほとんど透明になってしまった月湖さんは満面の笑みを浮かべてこう答える。

「もちろんです」

――山を治める神と、海の神に仕えた女性の、生死すらも超えた恋。そんな無償の愛に心を打たれながらも、私はひとりで山を下りた。

誰よりも優しく食いしん坊な、大好きなあの人を蘇らせるために。

潮月神社に戻ってきた私は、ほぼ壊れかけている社の前で、豆腐ドーナツの袋を抱えながらも、両手を合わせて必死に懇願する。

――紫月、そこにいるんでしょう？　あなたは完全には消えていなかったんでしょう？　夜羽さんは、月湖さんのおかげであなたへの憎しみから解放されたよ。またここで神様やってもいいんだって。

もう一度、この町の縁結びの神様になってくれる？

そしてできれば……。できればもう一度、私の隣にいてくれないかな？

海風と波音だけが場を支配する中、私は長い間そう祈り続ける。しかしそれ以外の物音が聞こえてくることはなかった。

私に姿を見せられない状態で復活している可能性について考えた。

だけどきっとそうではない。まだここに、紫月は存在しない。

神社に神様がいる気配がしない。紫月のそばにしばらくいた私は、その気配を肌で感じることができるようになっていた。

たとえ姿かたちが見えなかったとしても、彼がそこにいるかどうかくらいは、今の私にだってわかるのだ。

戻ってこない……？　紫月、もしかしてもう消えちゃったの？

月湖さんに言われたことを思い出す。私が紫月のことを覚えて、深く想っていたから彼はかろうじて生きながらえていたのだと言っていた。彼が復活するためには、私の深い愛が必要だということも。

――まさか。

私の気持ちが足りない……？　もしかして、それで紫月が戻ってこないの？

そんなわけない。そんなわけ、ないじゃない。

だって。

あなたが消えてからもずっと、あなたの温もりに恋焦がれ続けて。そしてその気持ちはどんどん強まるばかりで。

今だって、あなたさえ生きていてくれれば何もいらないという狂おしいほどの想いを抱いて、祈っているのだから。

「もう！　いい加減にしてよ！」

私はうんともすんとも言わない社に向かって、そう叫ぶ。——そして。

「紫月が復活しないのなら、私がこの豆腐ドーナツ、もう全部食べちゃうからね！　後で欲しがっても知らないんだからっ」

口を縛っていたビニール袋を乱暴に開けて、私は豆腐ドーナツを大きく齧る。パクパクパクパクと、次々に口の中に押し込んでいく。

紫月への気持ちとか、出会いから今までのこととか、彼がいなくなってからの寂しさとか、いろいろな思いでかき乱された心を、やけ食いするドーナツと共に胃袋に押し込んでいく。

ひとつ目を食べ終わり、気が済まない私はふたつ目に手を伸ばす。そして、迷わずにまたかぶりつこうとした——。

そのときだった。

『陽葵』

声が聞こえた。少し遠くから、私の名を呼ぶひどく優しい声が。

聴覚を通してではなく、直接胸に響いてきたように感じた。

──紫月……？　紫月なの？

私は胸中で、強くそう問いかける。

ひょっとしたら、先ほど聞こえた声は空耳なのかもしれない。私が強く願うあまり、幻聴となって聞こえただけなのかもしれない。

だけど、私はまだ諦めたくなかった。消えそうな紫月が発してくれた声だと、信じたかった。

だから強くこう祈った。

──紫月。お願い、戻ってきて。私とこれからも一緒に居て！

『ああ、もちろんだ』

再び胸の中に、そんな声が聞こえた瞬間だった。

目の前にぼんやりとした何かの輪郭が現れた。

それが何なのか、すぐには分からなかった。頭頂部にピンと立った耳らしき形が見えたので、どうやら何かの獣らしいと私が気づいた直後、それは私が手に持っていた豆腐ドーナツの端を齧った。

すると、それまでぼんやりとしていたその輪郭が少しだけ濃くなった。ふさふさの、幾重にも分かれたしっぽと、金色の被毛がうっすらと見え始めた。

またひと口、それはドーナツを齧る。するとそれが大きな狐であることが私には分かった。

狐がドーナツを齧る度に、その姿は鮮明になっていく。

立派なしっぽは九つに分かれていて。全身を覆うもふもふの毛は闇夜に輝く月のように美しくて。

私を見つめる青い瞳は、広大な海のような慈悲深さを湛えていて。

そして、その狐がドーナツをひとつ完食した瞬間だった。

九尾の狐は、人間の姿へと変化した。煌びやかな星のような、黄金色の頭髪。次に見えたのは、紺色の浴衣、羨ましいくらいに白い素肌——。

その人物は、私が持っていた袋から二個目のドーナツを取って、もぐもぐとおいしそうに食べ始めた。

本当に、おいしそうに。満足げな笑みを浮かべて。

私は自分の目を疑ってしまい、呆然としてそんな彼を眺めることしかできない。

——夢じゃないんだよね？　私の願望が見せた幻じゃないんだよね？

彼は今、私の目の前に存在しているんだよね？

そして食べきった後、その人物は私に微笑みかけて、こう言ったのだ。

「やはりうまいな。俺の愛する陽葵の豆腐ドーナツは。初めて会ったときにも、そう思ったのだよ」

少し久しぶりに聞く、紫月の優しくてどこか色気のある声。私に容赦なく甘いことを言ってくるその様子は、何ら変わっていなかった。

「紫……月！」

感極まって、私は思わず紫月に飛びついてしまった。

「わっ！」と、頭上から彼の驚く声が響いてきた。しかしすぐに、私の頭を彼の大きな手のひらが優しく包み込む。

「待たせたな、陽葵」

「もう……ほ、本当に……！　待っ……たんだからねっ！　遅いよっ。も、もう……」

泣きながら、たどたどしく私は言う。しかし頬を伝う温かい涙の感触は、とても心地いい。

「寂しい思いをさせて、すまなかった……」

切なそうにそう言って、紫月は私を優しく、しかし強く抱きしめた。

──やめて。そんなことをしたら、ますます涙が止まらなくなってしまう。私は彼の胸に顔を押し付けながら、涙を流し続ける。

──すると。

「ニャー！」

「紫月さま！　陽葵さま！」

かわいらしい猫と少年の声が響いてきて、私は紫月に抱きしめられたまま声のした方を向く。すると、そこには。

「千代丸くん！　琥珀くん！　他の従者のみんなも！」

二本足で立つ猫と、狐耳を生やした少年が、私たちの元へと走り寄ってきていた。神社で暮らしていたときに一緒に過ごした他の従者のみんなも、それに続いている。

そして無残な姿となっていた神社も、一緒に過ごした立派な日本家屋に姿を変えていた。さっき私が祈りを捧げた社だって、神様の居場所に相応《ふさわ》しい荘厳で美麗な佇まいとなっている。

――そっか。紫月の力が戻ったから。彼が命を吹き込んだ従者たちも、彼の力によって成り立っていた神社全体も、あのときの姿に戻ったんだね。

「――ありがとう。俺も、みんなも……陽葵のおかげで、こうして戻ってこられた。俺の力はほとんどもう尽きる寸前だったが、陽葵の声が遠くに聞こえてな」

「私の声が？」

「ああ。その声を聞いて、陽葵に会いたい、愛する君に会いたいと、それまで以上に強く願ったのだ。――そうしたら、こうして姿を具現化することができた」

私の頭上で、しみじみと言う紫月の言葉を聞いて、私は月湖さんが言っていたことを思い出した。

『紫月が本当にあなたを愛しているのなら、その想いが彼の力になるはずです。……そうすれば、きっと』

紫月の私への想いが、彼の生命力になってくれたんだ。姿を現すには足りなかった力を、彼の気持ちが補ってくれたんだ。

まるで、生命の理《ことわり》を凌駕《りょうが》するかのような彼の愛を感じて、私は感極まって彼に抱きつく腕にさらに力を込める。

――すると。

「もう、寂しい思いは絶対にさせないよ。――陽葵、結婚しよう。今度こそ」

その言葉に、心が沸騰しそうになるくらいの歓喜が生まれた。絶望からのあまりある幸せは、私を自然と笑顔にさせる。

「……よろしくお願いします」

私ははにかみながらも、はっきりとそう言った。すると、紫月は目を細めて私を愛おしそうに見つめた。私も彼を見つめ返す。

そして私たちは、初めて唇を重ねた。私たちが出会った、神社の中で。十三年の時を経て、お互いの気持ちを確認し合うようなキスだった。

千代丸くんや琥珀くん、他の従者のみんなから喜びの声、囃《はや》し立てるような声が聞こえてくる。そんな祝福の音を私は心地よく聞きながらも、大好きな縁結びの神様と、唇を重ね続けたのだった。

エピローグ

紅葉しかけの楓《かえで》の葉が、ひらひらと舞い落ちてきて、縁側の木の板の上を彩る。

午後三時を回る頃だった。陽葵の手作りの甘味を味わう、穏やかな午後の時間をもうじき迎える。

俺はひとり、縁側に座り季節の色に変わりつつある庭園の様子をぼんやりと眺めていた。

近くに炊事場があるためか、陽葵の声が聞こえた気がした。

ふと、十年以上前の出会いから現在に至るまでの、陽葵と俺との歴史に思いを馳《は》せる。

——最初は、幼子を引き取るくらいの気持ちだった。

縁があって、力を取り戻すのを手伝ってくれた少女には、もちろん感謝の気持ちしか持ち合わせていなかった。

人間としては長い年月らしい、十数年が経った後でもそれは変わらなかった。

しかし、あの子と愛を育もうとか、夫婦としてこれから生きていこうだとか、そういう思いとは少し違っていた。

世話になったあの子に寂しい思いをさせないように、屋敷の一員とて迎える。恋愛感情ではなく、家族愛に近かったように思う。

だから陽葵を娶りに迎えに行く前は、独り身で結婚の予定もなかった俺は、「妻という形式が、迎えるにはもっとも自然な形だろう」くらいにしか思っていなかった。

だが、大叔父を亡くしひとりきりとなった彼女を迎えに、十三年ぶりに再会した瞬間。そんな俺のふわふわとした考えは、一変させられたのだった。

それまで人間と深く関わったことのなかった俺は、年端のいかない幼女だった彼女が、麗しい大人の女性になっていたことに、驚かされた。

神族は不老であるため、人間や他の動物たちの時の流れの速さをしばしば失念してしまう。俺も例に漏れずにそうだったのだ。

しかし、陽葵のたおやかだが芯の強そうな瞳に、細く伸びた手足、白くきめ細やかな肌を見た瞬間。人間の理を忘れていた自分を愚かに思った。

これはひとりの女性として迎えなければ、失礼に当たる。陽葵と再会した瞬間、俺はそう思った。

さらに、手作りのチーズケーキで俺をもてなし、優美な微笑みを浮かべながら、楽しげに会話をしてくれた陽葵に俺は深い愛おしさを覚えた。

育ての親が亡くなった直後だというのに。内面に抱えている辛さや悲しさなど微塵も表に出さずに、穏やかに笑う陽葵にいつの間にか見惚れていた。

そんな彼女の傍らでチーズケーキをひと口食べた瞬間、優しい味が口内いっぱいに広がった。

そして少女だった頃の彼女が作った豆腐ドーナツからも、同じような優しさが溢れていたことを俺は思い出した。

あのとき、力を失いかけていた俺を、復活へと導いてくれたあのドーナツ。

だが実は、人間からの供物を少し食したところで、ほんの少しでも力が蘇ることなどありえない。

神の力は、多くの人間が足しげく神社に通い、お祈りをし、神を敬うことで少しずつ蓄えられていく。

陽葵のような、人間の子供が作ったお菓子など、本来ならほとんど力にはならないはずなのだ。

しかし、あの豆腐ドーナツをひと口食べただけで、あのときその場でへたり込むことしかできなかった俺は、一瞬で立ち上がれるくらいまでに回復した。

どうしてここまで俺は活力を取り戻せたのだろうと、それからずっと不思議に思っていた。

だが、十数年以上のときを経て彼女のチーズケーキをたべた瞬間、その謎は解けたのだ。

彼女の作るお菓子を食べたとき、まるで俺の心の深い場所を狙い撃ちするかのように、強い愛と癒しを感じた。

何の力も持っていないはずの人間が作った物がなぜ？と疑問に思ったが、十九歳の陽葵の眩しい笑顔を見た瞬間、俺は自然と理解した。

――ああ、陽葵は俺の運命の相手なのだ。

生まれながらにして魂に刻まれていた、生涯苦楽を共にする伴侶なのだ。

俺はそのことに気づかされたのだった。

陽葵が作ったお菓子によって、本来ならあり得ないほどの力がみなぎったのは、彼女が俺と対になる存在だったから。

代わりなどいない、最愛の人だったから。

チーズケーキを食した後、そのことに気が付いた俺は全身全霊で陽葵を愛することを誓ったのだ。

そしてその後、陽葵と深く関わることで、彼女のまっすぐさ、清廉さを、何度も感じさせられることとなった。

知れば知るほど、陽葵への愛が深まっていった。

これ以上愛することなどできないと常に思うのだが、次の瞬間にはあっさりと最高値を更新する。

ひとりの女性に自分がここまで心酔するとは、いまだに少し信じられない。

俺にはもう後にも先にも陽葵しかいない。

そう思わせられてしまうほど、彼女の純粋さ、優しさ、懐の深さに俺は恋焦がれてしまっているのだ。

「紫月」

背後から愛しい声が聞こえてきて、ゆっくりと振り返る。陽葵は満面の笑みを浮かべて立っていた。

作りたての甘味らしき物がふたつ乗っている、お盆を持って。

「うん？」

俺は自然と笑みが零れてしまう。

陽葵が心を込めて作った甘味を携えてやってきたこのときほど、幸福感に支配される瞬間はない。

「三時のおやつ、できたの」

「ありがとう。今日はなんだろう」

「今日は芋ようかんだよ。甘いさつま芋をたっぷり使ってみたんだ」

笑みを深くし、お盆に載せた芋ようかんを俺に見せながら陽葵は言う。

黄色のなめらかな芋ようかんの表面が、日の光に照らされてきらりと輝いた。

見ただけで、きっと濃厚なさつま芋の味が堪能できるおやつなのだろうと想像できた。

「おお、これはうまそうだ！」

「うん、おいしくできたと思う。紫月はここで食べるよね？」

「そうだな。陽葵も一緒に食べよう」

お盆の上にはふたつの芋ようかんが載っていた。元より陽葵は、俺とふたりで縁側でおやつを楽しむ気だったのだろう。

そんな細やかな彼女の気持ちが、俺には嬉しくてたまらない。

「うん、そうするね」

俺の隣に腰をかけ、芋ようかんの載った皿を差し出す陽葵。俺はそれを受け取ると、早速ひと口味わった。

思った通り、熟成したさつま芋の甘さが濃密に詰まったその甘味は、至高のおいしさだった。

「……うまい！　今日も世界一素晴らしいな、陽葵の作るおやつは」

「そんな、大袈裟だよ。……でもありがとう」

俺が手放しで褒めると、陽葵は謙遜しながらも照れたように笑う。そのいじらしさに、俺の心臓は不覚にも高鳴る。

もっと愛でたくなってしまう。俺は持っていた楊枝で芋ようかんをひと口サイズに切ると、楊枝の先で刺して陽葵の口元へと差し出した。

「ほら、陽葵」

「え……」

「いいから。あーん」

強引にそう言うと、陽葵は頬を赤く染めながらも小さい口をおずおずと開けた。俺は陽葵の口に、芋ようかんを入れる。

数回咀嚼して芋ようかんを飲み込んだ後、陽葵はこう言った。

「……ありがとう、紫月」

「なんかだ急に俺の手で食べさせたくなったのだ。陽葵の作ったおやつのおいしさを、この場で共有したかったのかもしれないな」

「そっかあ。なんだか、さっきひとりで味見した時よりもおいしく感じたなあ。なんでだろう？」

「そんなの、俺が食べさせたからに決まっている」

俺が口角を上げながらそう言うと、今までほんのり桃色だった陽葵の頬は、とうとう真っ赤になってしまった。

いちいち毎回初々《ういうい》しい反応をしてくれる。

毎度のことながら、心臓がわしづかみされているような感覚に陥るほど、かわいらしくてたまらない。

「そう……だね」

照れのせいか控えめだが、素直な陽葵の返答。これほど嬉しいことはない。

――ああ、本当に幸せだ。

「従者のみんなも、陽葵のおやつを毎回楽しみにしていると言っている」

「本当!? 嬉しいなあ。小次郎おじさんも喜んでくれるかな」

「ああ、きっと喜ぶさ」

常に陽気だった彼女の大叔父の姿を脳裏に蘇らせる。

彼が厨房に立ち、カウンター席に座った俺の隣に佇む、陽葵の姿がすぐに鮮明に思い出された。

とても穏やかで平和な時間だった。

――マスター。君の大切なこの子は、俺が生涯をかけて幸せにする。安心して眠っていてくれ。

俺は空の上の彼に向かって、密かにそう語りかけた。

「そんなに褒めてくれるんなら、もっといろんな人に食べてもらいたいなあ。あっ！　潮月神社で和風カフェを開くなんてどう?」

「おお、それは楽しそうだ。きっと大盛況になる」

陽葵が発した潮月神社の青写真を、頭の中にぼんやりと思い浮かべる。

甘味をおいしそうに味わう神使に囲まれ、幸せそうに微笑む陽葵。そんな彼女の傍らに佇む自分。

想像するだけで、温かく幸せに溢れた空間だった。――しかし。

「それはいいが……。少し妬いてしまうな」

「え？」

「陽葵の作るおやつをさまざまな人に味わってほしい気持ちはあるが……。陽葵は俺のものだ。他人のために一生懸命になる時間が長くなったら、俺は寂しい」

「え……あ、えっと……」

まっすぐと陽葵を見て言ったからか、陽葵は戸惑っているようだった。

まだ決まっていない未来を想像して嫉妬心が生まれてしまうなんて、我ながら呆れてしまう。

だが本人にも告げた通り、未来永劫陽葵は俺のものなのだ。誰にも邪魔などさせやしない。

「あの……。いつだって紫月には一番におやつを食べてもらうし……。あと、紫月とふたりきりの時間は私も減らしたくないから、きっと……大丈夫、です……」

俺から目を逸らしながら、たどたどしく陽葵が言う。

その言葉に、底知れない嬉しさが沸き起こってきた。

愛する人が自分と同じ気持ちだったのだ。こんなに嬉しいことが、他にあるだろうか。

「陽葵！」

「え？」

「そろそろ世継ぎのことを考えよう！」

感極まった俺は、彼女の手を取り意気揚々と言った。

「え、世継ぎって……ええ！」

「男の子も女の子も欲しいな！」

「え、いや、その……。欲しいけど、待って！」

「何を待つ必要がある!? 早速今夜にでも！」

「こ、今夜!?　え、ほんと、ちょっと待ってください！　第一、まだ祝言もあげてないし……」

「祝言！　それはいいな。陽葵の白無垢姿、さぞかわいいだろうな」

「か、かわいいかどうかはわからないけど……。白無垢は着てみたいな。……ね、だからちょっと待って」

照れた様子で陽葵が言う。初心でかわいらしいお願いの仕方に、また俺は彼女に心を奪われてしまう。

だが、同時にちょっと意地悪したいという気持ちも湧き上がってしまった。

「もちろん、祝言はあげるし陽葵のための白無垢だって用意するさ。――だが」

「だが……？」

「今時婚前交渉など、不作法でもあるまい？　だから」

「え、ちょっと！　『だから』って何ー!?　ほんとお願い、待っててっ」

本気で焦った様子の陽葵に、俺は笑いを堪える。

なに、冗談だ。陽葵の心の準備が整うまで、俺は待つさ。

……と思っていることは、あえて言わない。うろたえる君がかわいくて、もう少し見ていたくて。

まあでも、なるべく早く準備をしてほしくはある。

神様だって男なのだ。

なんてことを思いながらも、俺は愛する人を眼前にしながら、平和で穏やかな幸せを噛みしめるのだった。

FIN.

あとがき

こんにちは、湊祥です。本作、『縁結びの神様に求婚されています〜潮月神社の甘味帖〜』をお手に取っていただき、心よりお礼申し上げます。

私は、同じスターツ出版の別レーベルである野いちご文庫で、何冊か中学生の女の子向けの胸キュン恋愛ストーリーを出版させていただいております。

しかし、対象年齢の高いスターツ出版文庫では本作が初の書籍化だったので、大人の方が好む恋愛をお話にするのに手探りな部分も多かったです。

ですが、このお話を思いついた時にまず浮かんだ、「ちょっと強引、子供っぽいところもある、だけど主人公を心から溺愛する」という、紫月というキャラクターを中心に物語を回したことで、満足のいく異種婚姻譚に仕上げることができました！　勝手に私の頭の中で動いてくれた紫月には本当に感謝しています。

また、主人公の陽葵についてですが、なかなかひどい目に遭っているなあと、編集段階で読み返した時にちょっと笑えました。

愛する家族は全員亡くなるし、嫌味な性格の親戚からは家を追い出されるし、紫月と出会った後も夜羽には狙われるし……。ひどい作者ですね（笑）。

でも、どんな時でもめげずに前向きで、得意なお菓子作りで自分にできることを考える──そんな真っすぐな女性だからこそ、神様の心さえも掴めたのでしょう。ただ待っているだけで愛されるような女の子が私が苦手なせいで、大変な人生を歩ませてしまいましたが（笑）、今後は陽葵も幸せな時間を過ごせることと思います。

また、私が特に気に入っているのが、紫月と陽葵の掛け合いです。だいたい紫月がからかって、陽葵が照れて、そんな陽葵を紫月がかわいいと思ってしまう。このような流れは恋愛ストーリーでは様式美ですが、やっぱりおいしいなあと思います。読者の皆様も、そんなふたりの会話を楽しんでいただけたら幸いです。

そしてカバーイラストを描いてくださったななミツ様。一目見た瞬間「すごい！本物の紫月と陽葵だ！」と感動してしまいました。本当にもったいないほどのかわいいイラストで、その場で小躍りしてしまったほどです！　ふたりに命を吹き込んでいただきありがとうございました。

最後に、この作品の書籍化にあたりご尽力くださいました担当編集の三井様、校閲様、デザイナー様、販売部の皆様、スターツ出版様。そして読者の皆様に心より感謝申し上げます。

二〇二一年一月　湊　祥

この物語はフィクションです。実在の人物、団体等とは一切関係がありません。

湊 祥先生へのファンレターのあて先
〒104-0031　東京都中央区京橋1-3-1　八重洲口大栄ビル7F
スターツ出版（株）書籍編集部 気付
湊 祥先生

縁結びの神様に求婚されています
～潮月神社の甘味帖～

2021年1月28日　初版第1刷発行

著　者　湊 祥　©Sho Minato 2021

発 行 人　菊地修一
デザイン　カバー　おおの蛍（ムシカゴグラフィクス）
　　　　　フォーマット　西村弘美
発 行 所　スターツ出版株式会社
　　　　　〒104-0031
　　　　　東京都中央区京橋1-3-1　八重洲口大栄ビル7F
　　　　　出版マーケティンググループ　TEL 03-6202-0386
　　　　　（ご注文等に関するお問い合わせ）
　　　　　URL　https://starts-pub.jp/
印 刷 所　大日本印刷株式会社

Printed in Japan

乱丁・落丁などの不良品はお取り替えいたします。上記出版マーケティンググループまでお問い合わせください。

本書を無断で複写することは、著作権法により禁じられています。

定価はカバーに記載されています。

ISBN　978-4-8137-1040-0　C0193

スターツ出版文庫　好評発売中!!

『交換ウソ日記２〜Erino's Note〜』櫻《さくら》いいよ・著

高校で副生徒会長を務める江里乃は、正義感が強く自分の意見があり、皆の憧れの存在。そんな完璧に見える彼女だが、実は恋が苦手だ。告白され付き合ってもなぜか必ずフラれてしまうのだ。そんなある日、江里乃は情熱的なラブソングが綴られたノートを拾う。恥ずかしい歌詞にシラけつつも、こんなに純粋に誰かを好きになれるノートの中の彼を少し羨ましく感じた。思わずノートに「私も本当の恋がしたい」と変な感想を書いてしまう。ウソみたいな自分の本音に驚く江里乃。その日から、ノートの彼と“本当の恋”を知るための交換日記が始まって——。

ISBN978-4-8137-1023-3／本体640円+税

『京都やわらぎ聞香処〜初恋香る鴨川の夜〜』広瀬未衣《ひろせみい》・著

京都の老舗お香店の孫娘で高校生の一香は、人の心が色で見える特殊能力の持ち主。幼い頃、そのせいで孤独を感じていた彼女に「辛い時は目を閉じて、香りだけを感じて」と、匂い袋をくれたのが、イケメン香司見習い・颯也だった。彼は一香の初恋の人。しかし、なぜか彼の心の色だけは見ることができない。実は、颯也にもその理由となる、ある秘密があった…。そして一香は、立派に香司となった彼と共に、お香カフェ『聞香処』を任されることになり——。“香り”が紐解く、大切な心の記憶。京都香る、はんなり謎解きストーリー。

ISBN978-4-8137-1024-0／本体590円+税

『鬼の花嫁二〜波乱のかくりよ学園〜』クレハ・著

あやかしの頂点に立つ鬼、鬼龍院の次期当主･玲夜の花嫁となった柚子。家族に虐げられていた日々が嘘のように、玲夜の腕の中で、まるで真綿で包むように溺愛される日々。あやかしやその花嫁が通うかくりよ学園大学部に入学し、いつか嫁入りするその日へ向けて花嫁修業に励んでいたけれど…。パートナーのあやかしを毛嫌いする花嫁・梓や、玲夜に敵対心を抱く陰陽師・津守の登場で、柚子の身に危機が訪れて…⁉

ISBN978-4-8137-1025-7／本体610円+税

『あの星が降る丘で、君とまた出会いたい。』汐見夏衛《しおみなつえ》・著

中２の涼は転校先の学校で、どこか大人びた同級生・百合と出会う。初めて会うのになぜか懐かしく、ずっと前から知っていたような不思議な感覚。まっすぐで凛とした百合に涼はどんどん惹かれていく。しかし告白を決意した矢先、百合から聞かされたのは、75年前の戦時中にまつわる驚くべき話で——百合の悲しすぎる過去の恋物語だった。好きな人に、忘れられない過去の恋があったら、それでも思いを貫けますか？愛することの意味を教えてくれる感動作。

ISBN978-4-8137-1026-4／本体570円+税

スターツ出版文庫　好評発売中!!

『龍神様と巫女花嫁の契り』　涙鳴《るいな》・著

社内恋愛でフラれ恋も職も失った静紀は、途方に暮れ訪ねた『竜宮神社』で巫女にスカウトされる。静紀が平安の舞の名士・静御前の生まれ変わりだというのだ。半信半疑のまま舞えば、天から赤く鋭い目をした美しい龍神・翠が舞い降りた。驚いていると「てめえが俺の花嫁か」といきなり強引に求婚されて!?かつて最強の龍神だった翠は、ある過去が原因で神力が弱まり神堕ち寸前らしい。翠の神力を回復する唯一の方法は…巫女が生贄として嫁入りすることだった！神堕ち回避のための凸凹かりそめ夫婦、ここに誕生!?

ISBN978-4-8137-1005-9／本体660円+税

『はい、こちら「月刊陰陽師」編集部です。』　遠藤遼《えんどうりょう》・著

陰陽師家の血を継ぐ真名は、霊能力があるせいで、恋人もできず就活も大苦戦。見かねた父から就職先に出版社を紹介されるが、そこにはチャラ男な式神デザイナーや天気と人の心が読める編集長が…しかも看板雑誌はその名も「月刊陰陽師」!?普通の社会人を夢見ていた真名は、意気消沈するが、そこに現れたイケメン敏腕編集者・泰明に、不覚にもときめいてしまう。しかし彼の正体は、安倍晴明の血を継ぐエリート陰陽師だった。泰明の魅力に釣られるまま、個性派揃いの編集部で真名の怪事件を追う日々が始まって――!?

ISBN978-4-8137-1006-6／本体630円+税

『僕らの夜明けにさよならを』　沖田円《おきたえん》・著

高２の女の子・青葉は、ある日バイト帰りに交通事故に遭ってしまう。目覚めると幽体離脱しており、キュウと名乗る死神らしき少年が青葉を迎えに来ていた。本来であれば死ぬ運命だった青葉だが、運命の不具合により生死の審査結果が神から下るまで、キュウと過ごすことに。魂の未練を晴らし、成仏をさせるキュウの仕事に付き添ううちに、青葉は母や幼馴染・恭弥に対して抱いていた想いに気づいていく。そして、キュウも知らなかった驚きの真相を青葉が突き止め…。予想外のラストに感涙必至。沖田円が描く、心揺さぶる命の物語。

ISBN978-4-8137-1007-3／本体580円+税

『だから私は、明日のきみを描く』　汐見夏衛《しおみなつえ》・著

――なんてきれいに空を飛ぶんだろう。高１の遠子は、陸上部の彼方を見た瞬間、恋に落ちてしまう。けれど彼は、親友・遥の片思いの相手だった…。人付き合いが苦手な遠子にとって、遥は誰よりも大事な友達。誰にも告げぬままひっそりと彼への恋心を封印する。しかし偶然、彼方と席が隣になり仲良くなったのをきっかけに、遥との友情にヒビが入ってしまう。我慢するほど溢れていく彼方への想いは止まらなくて…。ヒット作『夜が明けたら、いちばんに君に会いにいく』第二弾、待望の文庫化！

ISBN978-4-8137-1008-0／本体600円+税

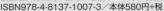

スターツ出版文庫　好評発売中!!

『理想の結婚お断りします～干物女と溺愛男のラブバトル～』白石《しらいし》さよ・著

某T大卒で、一流商社に勤める紺子。学歴は高いが恋愛偏差値の低い筋金入りの干物女子。完璧に見える紺子には致命的な欠点が…。その秘密があろうことか人事部の冷酷無慈悲なイケメン上司・怜二にバレてしまう。弱みを握られ、怜二を憎らしく思う紺子。そんな中、友人の結婚式にパートナー同伴で出席を求められ大ピンチ！しかし、途方に暮れる紺子に手を差し伸べたのは、冷酷無慈悲なはずの怜二だった。彼はある意地悪な条件付きで、偽装婚約者になると言い出して…!?

ISBN978-4-8137-0990-9／本体600円+税

『明治ロマン政略婚姻譚』朝比奈《あさひな》希夜《きよ》・著

時は明治。没落華族の令嬢のあやは、妾の子である故に、虐げられて育った。急死した姉の身代わりとして、紡績会社の御曹司･行基と政略結婚することに。麗しい容姿と権力を持つ完璧な行基。自分など釣り合うわけがない、と形だけの結婚として受け入れる。しかし、行基はあやを女性として扱い、宝物のように大切にした。あやにとって、そんな風に愛されるのは生まれて初めての経験だった。愛のない結婚のはずが、彼の傍にいるだけでこの上ない幸せを感じるようになり…。孤独だった少女が愛される喜びを知る､明治シンデレラ物語。

ISBN978-4-8137-0991-6／本体630円+税

『たとえ、僕が永遠に君を忘れても』加賀美《かがみ》真也《しんや》・著

母が亡くなったことで心を閉ざし思い悩む高1の誠。そんな彼の前に、突然千歳という天真爛漫なクラスメイトが現れる。誰とも関わりたくない誠は昼休みに屋上前でひっそりと過ごそうとするも、千歳が必ず現れて話しかけてくる。誠は日々謎の悪夢と頭痛に悩まされながらも、一緒に過ごすうち、徐々に千歳の可愛い笑顔に魅力を感じ始めていた。しかし、出会ってから半年経ったある日、いつものように悪夢から目覚めた誠は、ふたりの運命を引き裂く、ある過去の記憶を思い出し…。そして、彼女が誠の前に現れた本当の理由とは――。時空を越えた奇跡の青春ラブストーリー！

ISBN978-4-8137-0992-3／本体620円+税

『鬼の花嫁～運命の出逢い～』クレハ・著

人間とあやかしが共生する日本。絶大な権力を持つあやかしの花嫁に選ばれることは憧れであり、名誉なことだった。平凡な高校生・柚子は、妖狐の花嫁である妹と比較され、家族にないがしろにされながら育ってきた。しかしある日、類まれなる美貌を持つひとりの男性と出会い、柚子の運命が大きく動きだす。「見つけた、俺の花嫁」―。彼の名は鬼龍院玲夜―あやかしの頂点に立つ鬼だった。玲夜から注がれる全身全霊の愛に戸惑いながらも、柚子は家族から逃れ、玲夜のもとで居場所を見つけていき…!?

ISBN978-4-8137-0993-0／本体630円+税

書店店頭にご希望の本がない場合は、書店にてご注文いただけます。